接吻泥棒

山本信夫

文芸社

目次

接吻泥棒

（一）

世の中には、降って湧いたような災難というものがあるものである。それに遭った人は吃驚し、途惑い、当惑するが、自分の力ではどうすることも出来なくて運命を狂わすこともある。

大学三回生の三学期になって松下正司は張り切っていた。大学もあと一年とちょっとで卒業する。その一年間に卒業論文と就職がある。

就職には重工業関係の中くらいの会社がいいんじゃないかと思っていた。大会社はあまりにも大きすぎて、昇進もエスカレーター式になる。自分の力を発揮出来ないのではないかと思っていた。また、小さいのも巨大な日本経済の中ではふり回されて自分を見失うのではないか。そこでどの会社がいいとは今から言えないが、それをきめるのはもっと先でいいと思った。

差し当たり目の前の目標は、社会学の単位を取ることだった。大学の専門課程二年間で二十四単位取らねばならないが、正司は既に二十単位取ってしまって、四回生の時は社会学と財政学を取るつもりだった。ほかにたくさん読まねばならない本があるので、社会学はノートを勉強するつもりだった。デュルケームやコント、スペンサー、マックス・ウェーバーなどを読まねばならなかった。今までもそうだが、講義は入門みたいなもので、一歩踏み込めば奥深く、さまざまな思想が咲いている。

正月が過ぎ、三学期が始まり、冬とはいえ暖い日の午後、正司は岩針庄一に会った。岩針はバレーボール部に入っていて、去年の九月からキャプテンだったが、正司に社交ダンスを習わないかと誘った。

「今、流行っている。いろいろやるのは楽しいものだ。気晴らしにやってみようじゃないか」

「習うって、どこか教えてくれるところがあるのか」正司はきいた。

「学校から歩いて二十分ほどのところに、レッスン場がある。放課後に行ってみようじゃないか」

正司は、岩針とは仲好しだったので何の気なしにOKした。

そこで四時頃、二人は学校を出てレッスン場へ出かけた。そこは道路に面していて、小さなカマボコ形の兵舎のような形をした建物だった。入口を入って扉を開けると、場内は薄暗く、カーテンで日光を遮ってあり、ピンク色の明かりが天井からブラ下がっていた。

それは異様な雰囲気だった。正司は入ったとたん、自分が堕落したような感じに襲われた。ダンス音楽が流れており、六、七人の人がいた。ある者は踊っており、他の者は壁に沿って置かれた椅子に腰をかけていた。広さは十五、六坪はあろうか、教室よりちょっと広い程度だった。

二人は入口から入ってそこで立ち止まり、周囲を見回していたが、やがて岩針が受付と思われる所に歩み寄って、何やら言った。やがて戻ってきて、

「一曲五十円だそうだ。五枚買ってきた」と言ってチケットを見せた。正司も受付に行ってチケットを五枚買った。二人は並んでそこらへんにある椅子に腰かけた。

やがて、黒いスラックスに白っぽいシャツを着て蝶ネクタイをした若い男が二人ダンス靴を履いてやって来て、

「こちらへいらっしゃい」と招いた。二人はそれぞれの男と組んでフロアーに出た。フロアーには何か塗ってあるらしく、ツルツルと滑りやすかった。正司と組んだ若い男は、

「ダンスには曲によって踊り方があります。主にフォックストロット、タンゴ、ワルツ、

スロートロット、ジルバ、ブルースです。フォックストロットはクイックトロットともいわれます。最初はフォックストロットをやります」と言って、

「いいですか。足は左足を先に出します。こういうふうにステップを踏んで下さい。スロー、スロー、クイック、クイック。クイック、クイックでスローワンテンポ分になります。クイック、クイックで横を向いて下さい。それからスロー、スローで後ろへ下がります。これが基本です。クォーターターンといいます。最初は壁に四十五度の角度で立って下さい。フロアーを左へ回るようにして下さい」

若い男はステップを踏んで見せた。正司は若い男の足を見ながら自分もステップを踏んだ。

「そう、そう、クイック、クイックで踵を上げて下さい。それでは組んでみましょう」

若い男は女性のパートになって正司と組んだ。

「右手は女性の身体へ回して、左手は女性の右手を持って下さい」そこで一曲が終わった。次の一曲が始まった。正司はたどたどしいフットワークながら、フロアーを一周した。

最初の日はフォックストロットのバリエーションを三つか四つ習った。それだけでも踊れたが、ダンスはそれだけではなかった。五曲終わって帰る時、正司は心地よい興奮につ

つまれた。

ピンク色の明かりは堕落した明かりではなかった。岩針もニコニコしていた。二人はなにか心に秘密をもったような気がした。

大学では、二月になって自治委員会の改選が行われた。それまで自治委員を務めていた四回生が退陣し、三回生がこれから一年間自治委員を務めるのである。三回生の経済学部の柳実、法学部の名取尚三、文学部の上田宗和が自治委員長に立候補した。

正司は柳実と親しかった。それで柳は選挙の時、正司に応援演説を頼んだ。正司は引き受けた。そして二人はどんなことを言うか大ざっぱなところを打ち合わせした。

柳は共産主義に興味を持っていた。終戦直後大連から引揚げてきた柳は、ソビエトに大きな力を感じた。その秘密を解くために『唯物弁証法』を読み始めた彼は、いつの間にか自分が共産主義者になっているのを発見した。政治権力は銃口より生まれるという毛沢東の思想に共鳴し、日本の国で革命を起こすのは暴力でなければならぬというのが持論だった。

その点で意見の食い違う正司は、一度長い間議論をしたことがあった。その時は正司の声が大きかったので柳は黙ってしまった。しかし人間としては、柳はしっかりしていて、尊敬すべき友達だった。

世の中は、戦後の混乱から立ち直って復興へと進み始めた頃だった。その頃は民自党も大きな存在だったが、社会党も共産党も前途が開けているように見える時代だった。若者も、中年も、老人さえ発溂としていた。柳との打合せでは共産主義を前面に押し出さないようにしようときめた。

選挙の当日になった。学生たちはみんな講堂へ集まった。臨時に選挙管理委員会が設けられ、議長が選出された。最初に議長の演説があり、その後に、柳候補の推薦者として松下正司が演台にのぼった。正司は、この時代に生きている我々は社会の出来事をフォローし、積極的に発言しよう。その点自分の意見をもって社会を見つめている柳君が、自治委員長に適当であると思う、ということを喋った。

次に柳候補が立ち、正司の喋ったことを敷衍するような形で、学校も社会とは無関係でありえない。日本の復興と発展のためにスクラムを組もうと呼びかけた。

次に法学部の名取候補の推薦者が立った。彼は、名取君は真面目な学究肌の人間で、小さいことをコツコツやる人間だ。こんないい人を野に置くのはもったいないという演説をした。

名取候補はこれを受けて、私は学問が好きで本ばっかり読んでいる人間だが、真面目に学校と学生の間をとりもちたいと言った。

文学部の上田陣営では、社会は社会、大学は大学、我々は折角の学問の時と場所を与えられているのだから、勉学が中心で、社会活動をするのは卒業してからでいい。上田宗和は、学生たちが、安んじて勉学出来る雰囲気をつくると演説した。

一通り意見発表が済んだところで、議長は挙手の数で自治委員長をきめる、と宣言した。柳実君を推薦する人は手を挙げて下さいと言うと、三回生、二回生、一回生の半分が手を挙げた。名取候補にきめた人はそれより少なかった。上田候補にきめた人もあまりなかった。そこで議長は、柳実君を次期自治委員会委員長にきめると発言し、選挙は終わった。

柳実は、再び演台に立ち、諸君の好意に感謝する。現代の日本を流れる政治の潮流を監視し、正しい道を求めて研究し、行動しようと言った。

（二）

正司と岩針はダンスのレッスン場へ五、六回通った。そこでクイックトロット、タンゴ、ワルツ、ブルース、スロートロットが一応踊れるようになったときに、大学では社交ダンス同好会が生まれた。誰が世話人なのかわからないが、掲示板に掲示してあったので、正司はその日、そこへ行ってみた。それは水曜日と土曜日の午後、空いている教室を使ってダンスをするのだった。パートナーとして、近所にある桜花女子大の学生が来ることになっていた。

行ってみると、空いている教室には男女合わせて四十人ほどが壁を背にして立っており、三、四組が踊っていた。岩針は来なかった。

正司はおそるおそる壁を背にして立っている女子学生に、おねがいしますと言って誘った。その子はニッコリと笑って正司と組んだ。

その女子大生は相当に踊れた。音楽に乗って踊っていると、正司のステップを見ながら一人でステップの研究をしている男子学生があった。

「あの人、マネをしてる」正司と組んだ女の子はそう言ってクックッと笑った。そこで話のいとぐちが何となくほどけたようになり、踊りながら二、三言葉を交わした。

その子とは三曲ばかり踊り、疲れたので隅へ行って壁にもたれながら休んだ。そして来ている女子学生を何となく眺めた。一人、可愛い妖精といったらよいような女の子がいた。

その頃流行っていたアメリカ漫画の「ブロンディ」に似ていると思った。こましゃくれたようなところがあり、何となく人目をひいた。しかし正司はその子には申し込まずに、ほかの女の子に申し込んでひとしきり踊った。

その日のダンスはそれで終わりになり、四時半ごろ解散した。ぞろぞろと帰る時、正司も顔を知っている法学部の学生がブロンディに似ている子に手を振った。彼女も手を振った。正司はその法学部の学生に対して、何を生意気なと思った。そしてこれが嫉妬であろうかとふと思った。

次の回も出た。正司は始まる頃行って、来ていた女子大生に申し込んだ。「南国の夜」という曲がかかった。これはクイックトロットだった。相手の女の子は澄ましてステップを踏んだ。正司はシャッセリバースターンをした。女の子はついつまずいて、「え、今何やったの?」と言った。

「シャッセリバースターンだよ」

「知らないわ。教えて」

正司は女の方のステップは知らなかったのだが、組んでいた手をほどくと、男の方のステップを踏んでみせた。相手はそれを見ながら女の方のステップをやってみた。

「これでいいのかしら」

「いいと思うよ。やってみよう」

そこで、また組んで曲に合わせて、ゆっくりとやってみた。

「それでいいのだよ」

相手の女の子はそれで安心して、また踊り続けた。

「これが、チェックバック」そう言って正司はそのステップを踏んだ。ダンスは、女の方がステップを知らなくても、男がうまくリードすれば、それについていけるようになっている。

「これがロック」そう言って正司は足を交叉した。

「それは知っている」

女の子は間違いなくそのステップを踏んだ。

「上手だわ」女の子は感嘆した。

クイックの曲が終わり、「夜のタンゴ」という曲がかかった。

「タンゴ知ってるかい」

「ちょっとだけならね」

正司はその相手と再び組んでタンゴを踊った。

「ベーシック、リバース、ターン」

そこで別の組のカップルとぶつかりそうになってステップをかえた。

「バック、コルテ」

女の子はついてきた。

正司は、その女の子が、抱いているとふくよかなのを感じた。ステップも重くない。

「どこかで習ったのかい？」

「レッスン場よ。二、三回行ったわ」

「僕も行った。みんなレッスン場で習っているのかな」

「行ってる人もあるわよ。でも大部分は学校の屋上で友達から習っているのじゃない？　屋上でよくやっているわよ」

「そうか。ところで君の名前はなんていうの？」

「五十嵐かずみよ」

「何科？」

「国文科」

タンゴが終わり、ありがとうと言って正司は五十嵐かずみと離れた。

ある日、ダンスのレッスンに出て、ワルツを踊っていると、ブロンディに似た子、椎木郁子が、松下さんと呼びかけて、チョット来てと言って教室の外へ正司を連れ出した。正司は自分の名前を彼女が知っているのに驚いた。が、ついて行くと、外に女の子が一人待っていて、椎木郁子はその子を引き合わせ、「この子は阪元智子と申します。踊ってあげて」と言った。

正司は、何だそんな用事かと思いながら、その子に踊りましょうと言って、またホールへ戻った。その子は背は普通だが、色が黒くてまだ乙女になり切れないようなところがあり、顔も美人ではなかった。しかし、ダンスは一応出来た。正司は何故かその子とばかり踊った。しかし、話はあまりしなかった。

帰るとき家をきくと、正司の下宿の方角と同じだったので一緒に帰ることにした。アベノへ出て近鉄南大阪線に乗った。電車はそんなに混んでいるほどではなかったが八分通り詰まっていた。その中で、阪元智子が正司を見上げるようにしながら、「私、松下さんの夢を見たの」と言った。どういうことを言おうとしているのか、形勢が危うくなりそうだった。

「夢か、夢は僕もよく見る」正司はこう言ってはぐらかした。智子は続けてどう言おうかと思いめぐらしているようだった。そのうちに電車が北田辺に着いて彼女は降りて行った。次の回、正司は智子とばかり踊った。他の人とも踊りたいと思っているのに、智子がすり寄ってきて待っているので、そういう結果になった。途中で智子が、

「私の友達を紹介するわ」と言って隅に立っている女の子を連れてきた。

「大崎深雪さんというのよ」

その子はふっくらとした顔付きの美人だった。

「お願いします」こう言って正司はその子と組んだ。タンゴを踊りながら大崎深雪は喋り出した。

「松下さんて卑怯ね」

「え？　それはどういう意味だい」

「それは、そうよ。女の子が好きだと言ってるのに自分は好きだと言わずに黙っているのは、女心を弄んでいるのだわ」

へえ？　え？　ちょっと待ってくれよ。そんなひどい話はない。相手が好きだと言ったからといって、こちらからも好きだと言わねばならない義理も筋合もない。それに阪元智子

は僕の夢を見たとは言ったが、好きだとは言っていないじゃないか。女心を弄んだなんて……〉

正司は吃驚してしまった。

大崎深雪はなおも喋り続けた。

「松下さんはねえ。お世辞が下手でとっつきがわるいのよ。社交性もないわけじゃないのに、やっぱり見た目の印象が付き合いにくいのよ」

とんでもない。だが話は妙な方向へ発展していくようで、正司は聞き役に回ってしまった。

「よし、どこかで話をしよう」彼はそう言って深雪を連れ出した。隣に、ちょうど土曜日だったので学生が帰ってしまって誰もいない教室があった。そこの一隅に腰かけると、話の続きを始めた。昨日まで会ったことも、見たこともない女の子から、易者の託宣みたいにいろいろ言われて、事実と合っているのか、合っていないのかを離れて、正司はメロメロになってしまった。そこで小一時間、正司は深雪の話を聞いた。終わり頃には何となく深雪が好きになってしまった。

もう時間だったので帰ることになった。家をきくと、下宿は南田辺の方で、三重県の津市から勉強に来ているとのことだった。正司の下宿も田辺の方である。学校から歩いて三十分ほどの所なので一緒に歩いて帰ることにした。歩きながら深雪は、「松下さんてデリケートなのね。私の話をきいて、女の子って面白いことを言うんだなあって笑い飛ばすかと思っていたわ」と言った。その笑い顔が美しかった。正司は何も言うことがなくなってしまった。

それから二、三回は何事もなく過ぎた。正司は主に大崎深雪、阪元智子、椎木郁子のグループと踊った。大崎深雪のグループは五人いるらしかったけれど、あとの二人はダンスに出てこなかった。

ある日、土曜日だったけれどダンスをやっている隣の部屋で、美術部の連中がクロッキーをやっていた。その責任者は、正司が一回生の頃アルバイトに行ったとき一緒になった学生で、友達になっていた。正司はそこへ入って行って、画用紙と画板と木炭を持ってくると、ダンスをやっている人々の写生を始めた。踊っている人を写生するのはなかなか難しかった。三人ばかりの女子学生が寄ってきて、正司の絵を眺めた。

「イッちゃん、昨日行ってきたわよ」誰かが遠くの方で声をかけた。

「そうお、ありがとう」正司の絵をのぞき込んでいる三人のうちの一人が返事した。

「イッチャンて誰だい」正司は写生しながら尋ねた。

「わたしよ」と五谷和子が答えた。

「上手な絵やわあ」彼女はまた言った。

「イッチャン、踊ろうか」

五谷和子は背の高い、ひっつめ髪をしたちょっと魅力のある女の子だった。

五谷和子だけではなく、そこにいた三人は桜花女子大の学生ではなく、正司の大学、住吉文科大学の学生だった。同好会に住吉文科大学の女子学生は四、五人いたが、そのうちの三人が踊りに来ていたのだった。

岩針庄一は全然姿を見せず、経済学部からは深見友吉と藤井好敏が踊りに来ていた。自治委員長になった柳実は、俺にもダンスを教えろよ、と言って二、三回来た。その他は法学部と文学部の学生で二回生、一回生もいた。

五谷和子はダンスが上手だった。スタイルもよく、男のステップに合わせて軽やかに踊った。正司は他の女の子が重たい感じなのに、和子が軽やかなので、思いのままバリエーションをすることが出来た。

「私ね」和子が喋った。

「陰のある女なの」正司がまぜっかえした。

「そんなことあるものか、表から裏からみんなお見通しだよ」

「まあ、にくらしい」そこで一曲が終わった。

次は三人の中のもう一人、西淳子と踊った。西淳子は健康そうな女の子で、身体がハチ切れんばかりにエネルギーがあった。淳子もステップが軽かった。正司が何か冗談を言うと腰をぶっつけてきた。

〈彼女は大物になるに違いない〉と正司は思った。

(三)

四月の新学期が始まって、ダンス会場は教室から校庭の一角にある学生ホールにかわった。学生ホールは二階建てで、二階にちょうど手頃なホールがあり、一階は炊事場と宿直の先生が泊る部屋になっていた。今はその部屋に哲学の教授が一人で住み込んでいた。名古屋の大学から来た先生で、家族は名古屋においたままだった。哲学のほか、論理学、心理学の教鞭を執っていた。

ダンスが始まった頃、正司は二、三人の友達と校庭に坐って、その哲学の教授、藤原先生と話をする機会があった。哲学の話ではなく学生生活の話をしたが、たまたまダンスの話になった。正司は、女の子と抱き合うのはいい気持ちだ。ゴムまりを抱いているようなものだ。腹と腹が合わさって、女の子の胃袋のピッタンピッタンという音が聞こえてくる、なんて喋った。

藤原教授は、ニヤニヤ笑っていたが、やがてみんなに言った。

「どうだい。『チャタレー夫人の恋人』の原書があるが、これを手わけして訳してみないか」

『チャタレー夫人の恋人』は、その頃性的描写のきわどさで日本で有名になったが、伊藤整の訳した本が猥褻だといって裁判になっていた。

「それはいいですね」と誰かが言ったが、正司は不安になった。自分の英語の学力で訳せるだろうかと思ったのである。その時の会話はそれきりになったが、二、三日して法学部の田城光夫という学生が『チャタレー夫人の恋人』の原書を持ってやって来た。

「藤原教授から借りてきたぞ。早速訳してみるか」

正司は、「ちょっと見せてくれ」と言ってその本を受取り、パラパラとめくってみた。とても駄目だと思ったが、途中で赤エンピツで囲った文章が何個所かあった。何気なくそこを読んでみると、きわどい個所で猥褻な文句がならんでいた。

「ええところは赤エンピツで囲ってあるだろう」と田城光夫が言う。

「確かにそうだ。だけど俺はおりるよ」正司はそう言って本を彼に返した。

「だれか一枚噛む人間がいないかなあ」田城光夫はそう言って帰っていった。


その頃、柳実は共産党に入党した。正司はそれを知らなかったが、ある朝、大学に登校すると、玄関の掲示板に長々と入党の弁を書いた紙が張ってあった。

「現下の政治情勢を考えてみると、だんだんと独占資本が強大となり、一般の大衆は飢えと貧困の中に追い込まれようとしている。我々学生は象牙の塔にこもるより積極的に発言して、否、行動してこの事態を防ぎ、プロレタリアートの勝利のために働かねばならないという認識に達し、唯物弁証法を武器として大衆のために戦う共産党が唯一の政党であると信じ、共産党に入党した。自治委員長としてこのことを諸君に告げ知らせるのは私の責務であると考え、ここに宣言する」

だいたいそんなことが書かれていた。掲示板には学生が群がってその宣言を読んでいた。

が、誰かがこう言うのが聞こえた。

「共産党に入党するのは私事。それを掲示板にわざわざ張り出さなくてもいい」

正司もそんな感じがした。だがすぐに掲示のことは忘れてしまった。


五月に入って、ダンスをしているときに、時々踊ったことのある久田邦子がやって来た。やや丸顔で目の大きい彼女は、時々媚びるような目付きをした。それが何となく男心をそそるのだった。

〈コケティッシュだ〉正司はそう思った。媚びるような目付きをされると、さらに奥へ入って行きたくなるような気持ちになるのだった。

「松下さん、お願いがあるの」彼女はそう言った。

「何だい」

「弟の英語を見てやってほしいの。学校で宿題を出されてそれを訳したんだけど、正しいかどうか見てやって下さらない?」

「英語か。英語は苦手なんだけれどなあ」

「でも大学に入るくらいだから、高校の英語ぐらい出来るでしょう。ここに持ってきたの」

彼女は離れて壁際へ行き、バッグの中から一束の紙を取り出した。正司は受け取らざるを得なくなって、言った。

「預かるよ。仕方がないなあ」

そのとき、彼女はいつものコケティッシュな表情をした。

そうすると、あの表情はわざとしているのではなく無意識に出るのか。正司は宿題の用紙を持って出ていった。

その晩と次の晩とかかって、正司は久田邦子の弟の英語の宿題と取り組んだ。そう難しいことはなかった。邦子の弟の解答は大体正しかった。二、三の間違った個所を訂正して、次のダンスの日に返した。

邦子はチョットと言って正司を外へ連れ出した。そして誰も見ていない所でタバコを十箱正司にくれた。

「すまないなあ。有難う」正司は恐縮した。邦子はほんのお礼よ、と言った。
四、五日して正司は田城光夫に会った。
「『チャタレー夫人の恋人』の件どうなった?」

正司は訊ねた。

「文学部の連中でやることになったらしいよ。十人くらいでやるらしい。俺は参加しなかったけどね」と光夫は答えた。そしてニヤニヤと笑って言った。

「藤原教授が言っていたよ。水曜日と土曜日の昼からになると教授の部屋の上でダンスが始まって、ズルズル、ズルズルと靴を引きずる音が聞こえるそうだ。ノイローゼになりそうになる。また松下君がやっているなと思う、とね」

正司は苦笑いをした。哲学の教授とノイローゼか。こいつはふさわしいや。

「先生も踊りにきませんかと言っておいてくれ」正司はハハハと笑って別れた。

(四)

経済学部で踊りに来ているのは、正司のほかに深見友吉と藤井好敏の二人だった。深見は普通の男で気さくなところがあった。しかし女性とつき合うのは苦手らしく、いつも壁際に立っていては、時々女の子にダンスを申し込むのだった。ダンスの間中あまり喋らず、特定の女の子もいないようだった。それなのにダンスに毎回やってきては最後まで踊るのだった。

藤井好敏はなかなかの発展家で、いろいろな女の子と友達になっていた。しかし、かげでコソコソしたところがあり、正司の知らないところで何かしらやっていると思われた。法学部からはやはり四、五人来ていた。その中の一人、西山正昭は海軍から帰ってきた学生で、海軍軍人らしいスマートな体格をしていて男前だった。いつも真面目に踊っているので、裏でどんなことをやっているのか見当もつかなかったが、噂を一度だけチラッと聞いたことがあった。もう一人の真田常宏は豪快な男で縮毛に眼鏡をかけており、踊るよりもホールの真ん中で逆立ちしたりしていた。繊細な神経も持っており、詩を書いたりしていた。正司も時々詩を書いてお互いに見せ合ったりした。

そのとき同人雑誌をつくる話があり、正司も一つ書いて応募した。カザノバという題だった。

きらびやかな衣裳と
うっとりさせるような容貌を持った
カザノバが
旋風のように社交界に浮かび出る

嘘を吐くことの好きな人間
恋ばかり求める人間
すべての貴婦人淑女が
かの人の言葉に耳を傾け
かの人の目にひき寄せられる
名誉も富も
そして権力をさえも
彼はかりそめの恋に捨ててしまう
やがてしわが増えて
腰が立たなくなってからも
少女の関心を得んことを希う
けれども女たちは
彼の姿から目をそらす
老いと孤独の嵐が
吹きまくるのを感じて

一冊の捨科白と共に
彼は世を去る

雑誌が出来た時、編集や印刷の手配をした学生が桜花女子大へ行って十何冊かを売ってきた。住吉文科大学でも売った。一冊二十円だった。

それからまもなく、藤井好敏が正司のところへやって来て話しかけた。

「カザノバってどういう人？　詩の文句からは僕にピッタリだ。僕も恋ばかり求めている人間だ。名誉も富もいらない。権力もいらない。だが、老年になれば淋しいのじゃないかという気がする」彼は自分の欠点をよく知っているようだった。

「カザノバというのはね。ドン・ファンかカザノバかといわれる女誑《おんなたら》しだ。ドン・ファンは貴族の娘を相手にしたが、カザノバは庶民の女を相手にしたのでかえって感謝されたという。一冊の捨科白というのはね。カザノバの『回想録』のことだよ。一度読んでみな。とても面白いから」正司は説明した。彼はフーンと言って聞いていた。

それから二、三日して、昼休みに何となく正司と深見と藤井が集まってダンスの話になった。それがやがて女の子の品定めにうつっていった。

「久田邦子さんはねえ、コケットリィなところがあるね」藤井は言った。

「そうだな。僕もそう思う」

「この間な、地下鉄の入口で会ったんだ。そしたらコンニチハと言って流し目みたいな目で僕を見るんだ。ファーッとなったね」

「あれは無意識的に出てくるんじゃないか。男を誘惑しようとか何とか、そんな気持ちはないと思うね」

「そうかな。しかし誤解する男もいるだろうな」

「性質はどうかな」

「性質はいい。素敵だ。あんな嫁さんを持てばね、幸福にやっていけるよ」

「そうだろうな」

それから話は次に移った。

「大崎深雪さんはね、女らしいフックラとしたところのある美人だね」

「そうだな。平安朝型の美人だな」

「彼女と話しているだろう。話がやんでフッと真顔に戻ったときの表情がとてもいい。艶めかしくてね」

「彼女は娼婦的なところがあるんじゃないかな。誰でも受け入れるような」

「それはひどい。僕はそこまで考えてない。しかし軟かいところがあるのは事実だな」藤井は考え深そうな顔で言った。

「阪元智子さんはね、押しかけ女房だな。この間、松下君が壁際で立っていたろう。その時彼女が近づいていって、踊って下さいって言ったら、君が踊ったろう。押しかけ女房だ」

「あれは違うんだ。踊って下さいと言ったのじゃなくて、もう帰るって言うから、お別れに踊ったんだよ」

「そうか。しかし積極的に動くタイプだな。男女間のことでも、他のことでも。そういうタイプは僕は好きだね。しかしあまり別嬪ではない」

藤井は次々と感想を述べた。深見はずっと黙って聞いていた。しかしこういう話は嫌いではないらしく、ニコニコしていた。彼もなんか言いたいんだが、言葉が出てこないのだった。

「五谷さんはね。神秘的なところがある。何を考えているのかわからない。そして男がそれを知りたくなるような雰囲気がある」藤井は別の女の子の話に移った。

「そう。彼女も言っていた。私、陰のある女だって」

「どういう意味かなあ。男に興味を持たせる言葉だね」

「しかしダンスはうまい」

「そうか、うまい？　僕は彼女の秘密を探り出してみせるよ」

「ハハハ、こいつプレイボーイだな」

「それに較べて、西淳子さんはね、健康美人だな。暗いところが一つもない。身体は太ってるけれど要所は締まっている。僕はそういうタイプよりも、五谷和子さんタイプが好きだ」

「僕も、彼女のなんかエネルギーといったようなものを感じるよ」

「性的魅力ね。性的魅力といえば、矢板貞子さんにもある。抱いても身体が軟かい」

その矢板貞子とは、正司は一回踊ったきりだった。大崎深雪と同じ下宿らしかった。そして、それが踊っている間の話題となった。

「僕も肉感的なんだなあと思った」

そして、正司は矢板貞子と踊っている時、藤井さんみたいな人きらいよ、と言っていたのを思い出した。しかし、正司はそのことを口に出さなかった。

「椎木郁子さんはどうだい」今まで一人で喋ってきた藤井が正司の意見を求めてきた。

正司は郁子がブロンディに似ていること、正司が好いているほど、彼女は正司を何とも思っていないらしいこと、それで自分はそれが癪にさわっていることを思い出した。

「あんな小娘、たいしたことないよ」

そこでチャイムが鳴り、午後の講義が始まった。

(五)

六月の初め、桜花女子大学では学園祭があった。学園祭はどこの大学でも秋にやるものだが、桜花女子大学では六月に行うことになっていた。二日間続くが、初めの日、経済学部の宇佐二郎が行ってみようじゃないかと言い出し、十人ばかり昼からの講義をすっぽかして見に行った。桜花女子大学は住吉文科大学の近くにあり、チンチン電車で三駅ばかりあったが、歩いて行った。

近づくと、なんとなく華やかな雰囲気が伝わってきた。門の所で話してる四、五人の女子大生のグループがあり、みんなグレーの制服を着ていた。

門を入ると庭があり、薔薇の花が咲き乱れていた。紫陽花もまばゆいばかりに咲いており、梅雨入り前の陽光が降り注いでいた。

門から校舎へ入る道の両側に店が出ており、装飾品や民芸品などを女子大生が売っていた。人が群がってそれを見ていた。ぞろぞろとそこらへんを人が歩き回っていた。父兄や兄弟姉妹、親戚、友人、知り合いなどが訪れていた。なかには正司のグループのような野次馬もいるに違いなかった。

正司たちは、演劇を観るために講堂へ入っていった。講堂はすでに人で一杯で、正司たちは一番後ろのベンチに席を見出して、そこに坐った。芝居はまだ始まらないらしく、舞台の上を人が行き来していた。

正司が何気なく後ろを振り向くと、後ろの壁に女子大生がずらりと並んで立っていて、ちょうど正司の真後ろに立っていた女の子が正司に挨拶した。矢板貞子だった。正司は頷くとまた正面を向いた。隣に坐っていた宇佐二郎が、「ダンスの知り合いか」と言った。正司は頷いた。

しばらくして劇が始まった。二時からの部は家政学科の演し物《だ》物で、題は「鞄」というのだった。家政学科の学生のオリジナルで、筋は、吟遊詩人が夜、広場の隅で月の光を浴びながら詩作を錬っていると、若い女と男が現れて、男が鞄を持ち、これは盗んできたんだ、悪いことをしたと罪を告白する。詩人はそれを見て、おお、なんて素晴らしいとか何とか言いながら、月夜の一場面を讃美する。女は慰めて、大したことないわと言う。

正司は見ていて、これは劇中劇ではないかと思った。その予感が当たって、若い男女は芝居の稽古をしているはずだった。だが、女はそのつもりだったが、実は男は鞄を本当に盗んできたのであって、しばらく後から本物の巡査が現れ、男は逮捕される。詩人はそれを見て、なんという悲劇と言って詩を書き始めた。

それで終わりだった。詩人と若い男と巡査の役に、正司の大学の演劇部の学生が出演していた。

四十五分ほどで終わり、次は国文科の担当で、久米正雄原作の『地蔵教由来』というのをやる筈だった。それにはしばらく間があるので、正司はちょっとダンスパーティを覗いてこようと思って講堂を出た。階段を降りて一階の廊下を歩いていると、椎木郁子にバッタリ出会った。

郁子は、「松下さん、いいものをあげるからいらっしゃい」と言った。そして先に立って歩き出した。郁子は僕に冷たい筈なのにどういう風の吹きまわしかと思って正司はついていった。

校舎の外れに、草のボウボウと生えた裏庭があって、そこに小屋みたいな便所があった。郁子はそこへ入っていって立ち止まった。正司も立ち止まった。郁子はいきなり振り向いて正司の頬へ平手打ちを食らわせた。

「小娘と言ったでしょう」郁子は言った。

正司は、アッ、悪かったなと一瞬思ってしまった。しかし、殴られたのをどうするか。女の子に殴り返すということは考えなかった。正司はしばらく恐い顔をして立っていたが、プイと横を向いて、ものも言わずに出ていった。

頬っぺたがヒリヒリした。近くの便所へ入って顔を洗った。指のあとが四本ばかり赤くなってついていた。

その時正司はムカムカしてきた。郁子は、正司が小娘と言ったのをどうして知ったか。それは、大学で深見と藤井と三人で女の子の棚おろししたのを誰かが郁子に告げたのに違いない。深見はそんなことをする男ではなかった。そうすると藤井である。あいつが郁子に告げたな。そうすると殴るならあいつだ、と思った。

彼はダンスパーティの会場にいる筈である。そこで正司はダンスパーティの会場になっている教室へ行った。確かに藤井はいた。しかし、藤井は遠くから正司を見かけると、いち早く別の出口から逃げ出してしまった。

だんだん興奮がおさまってきた。藤井の奴め、学校で会ったらどうしてやろう、と思いながら彼は桜花女子大学から帰っていった。

桜花女子大学の学園祭が終わってまもなく、また住吉文科大学でのダンスが始まった。椎木郁子も藤井好敏も来ていなくて、その他はいつもと同じ顔触れだった。女子大生は三十人ほどやって来た。

正司はいつもの通り大崎深雪と踊った。踊りながら深雪は何か口の中でブツブツ言っているようだった。正司は何を言ってるんだろうと耳をすました。彼女はこう言っていた。

「私だって失礼な男がやって来たら、ブン殴ってやりますわ」

正司は、アッと思った。郁子の奴め喋りやがったな。一人が知っているということは、皆が知っているということだった。これは郁子を殴ってやらねばならない。彼はいろいろ思案をめぐらした。

阪元智子と踊っている時、正司は彼女に言った。

「次の土曜日、二時頃、北畠の駅で待っておれ、とあの女に言え」

智子は、あの女という意味が、名前をきかないでもわかったらしく、頷いて離れていった。知っている証拠だ。

彼はそれで帰ることにきめて、ダンス会場を去った。

次の土曜日がきた。正司は一時半頃北畠駅の出入口のところで待っていた。北畠のあたりには高級住宅が多い。昼でも人通りが少なくて閑散としている。だから誰も通っていない通りで、正司は郁子を殴ってやるつもりだった。

二時頃、郁子はカチカチに緊張してやって来た。彼は何も言わずに歩き出した。郁子も並んで歩き出した。彼は黙って歩いた。何かものを言うと怒りが衰えるような気がしたのである。郁子は小さい声でボソボソ喋った。

「今日は二週間記念日よ。何かのめぐり合わせね」彼は答えなかった。そして人通りのない通りを探していた。ちょうど人のいない通りへ来た。つぎの辻までの中間で殴ってやろうと正司はきめた。

そしていよいよという時、急に郁子が駈け出した。そしてオイデオイデというような恰好をしながら、

「殴るなら今よ。誰もいないわ」と叫ぶように言った。

〈負けた〉

正司は声をかけた。

「よし、殴りはしない。こっちへ来い」

郁子は戻ってきた。この女、やる！

しかし二人は黙ったまま北畠の駅の方へ歩き、駅に着いたところで、サヨナラ、と言って別れた。

(六)

夏休みが始まった。誰も来なくなって、ダンスの練習はお休みとなった。正司はダンスよりも卒業論文のことで頭がいっぱいだった。正司は講義からはなれて、いつも考えていたことを書くことにした。そのために、頭の中で書こうとすることを整理し始めた。かつて教養学部に在籍していた時に読んだ哲学だけでなく、普段から疑問に思っていたことを体系立てて考えた。そのためにどこも行かなかった。下宿に籠ってスケッチ風にアウトラインをノートに書き留めた。

書いているといろいろな想念が浮かび出た。二週間かかってノート三冊ほどになった。

題は「社会科学の基礎」にするつもりだった。

序

「かかる哲学上のテーマを選んだことについての弁明」

私は前から社会科学の本質を、自己の納得のいくように考えてみたいと思っていた。それは教養学部時代から続いた哲学上の疑問の続きであって、知識を唯一の根元から解釈し、理解したいという人間の本性に根ざした要求である。

この現象は何を意味するか。その背後の構造は？　この疑問は絶えず私を悩ませ続け、また私の主たる興味の中心であった。だが私は、夢中になって泥まみれになりながら、この「確実なもの」を探究したけれども、追求すればするほど「かくされたもの」は蜃気楼のごとく、後ろへ後ろへと退いていくように見えた。

そのうちに、私は大学を卒業する時期になり、いつまでもそんなことに関わりあっていることが出来なくなり、早急に自己のよりどころとなるべき確実な知識が必要となってきた。

そこで私は不完全さについては激しい反撥を感じながら、一応の結論を出してみた。私の主たる問題は、以前から哲学の領域にあったので、それについてはかなり進捗したつもりであるが、社会科学、特に経済学の勉強は日が浅く、ほとんど独創であって、他の人の言うところを知りたいと思いながら勉強不足に終わってしまった。だから妄論、暴論、独断は充分覚悟している。しかし他人のものを鵜呑みにしていないという点で、これは私自身のものである。

正司は全体を四章に分けた。第一章は「知識についての考察」、第二章は「方法についての考察」、第三章は「社会主義」、第四章は「科学を担う主体」である。

第一章、知識には、何であるかの知識と、それをどうすればよいかの二つがある。そして、何であるかを知るには、観察と実験である。そしてその目的とするのは、妥当性と客観性である。

方法については、自然科学の方法は、観察と実験であり、推理の方法としては帰納法である。ところが社会科学においては、方法は観察と体験である。社会科学の扱うのは人間であるから、何か行為のあった時は、その行為の基準となった理性を理解することによって後付け得る。だからその方法は、演繹法である。しかし社会科学も科学である限り、因果律と共に量的関係が求められる。そこで統計資料が必要になる。ところが、その統計は法則ではなくて、因果関係の多少不確実な大体の傾向を指示するにすぎない。それ故規則性である。だから自然科学は一つの世界観であるが、社会科学は観念的模型である。

もう八月の半ばになっていた。正司は考えては書き、書いては散歩してという生活だった。

ある日、津市へ帰っている大崎深雪から手紙が来た。

「料理をしている時に煮物の鍋をひっくり返し、中身が顔にかかって大やけどをしてしまいました。顔がめちゃめちゃになってしまい、もう普通の生活をすることが出来ません。松下さんともお別れになるかもしれません」と書いてあった。

正司は返事を書いた。

「どんな事態になろうとも、あなたの美しさを損うことは出来ません。心配しないでまた大阪へ来て下さい」

九月になって、また女友達に逢えるのが楽しみだった。それまでに論文を書き上げねばならないと思い、とりかかった。

第三章は社会主義だった。そこではマルクス経済学を批判した。――マルクスは、資本家は労働者を搾取しているといっているが、そんなことはない。マルクスは経済のパイを一定として、それを前提に考察しているが、パイは一定ではない。パイは大きくなるのである。だから資本家が分け前を大きく取っても、労働者も大きく取ることが出来る――と書いた。

第四章は、「科学を担う主体」とした。

――知識には、立場の相違によって党派性がある。その原因は、その知識の抱懐する精神である。即ち、プロテスタンティズムと無神論と――

そこまで書いて正司は休憩した。夏休みも終わり近くなっていた。下宿から出て歩いていくと、八月の太陽はギラギラと眩しかった。

早急に結論を書かねばならなかった。

結論としては、経済法則というものは、似たような体制、似たような法制度のもとにある国々において正当に働くのである、ということを書こうと思っていた。そして、それが完成すれば、正司の大学生活は終わりになったといってもよかった。歩きながら想をまとめると、下宿へ帰って結論を書いた。

（七）

九月になった。学校が始まり、散歩のために日焼けした顔の正司は、張り切って登校した。

ある日曜の昼下がり、正司は下宿を出て寺田町の方へ散歩してみた。九月に入ったとはいえ、まだ暑い日差しが照りつけた。道行く人々も軽装だった。日傘をさしている人もあった。ショートパンツの男もあった。車が二、三台通り過ぎた。と、道路の向こう側に立ってこっちを見ている若い女の姿があった。正司は何気なくその方を見た。クリーム色に見える白っぽいブラウスにプリント地のスカートだった。中ヒールを履いていた。唇の色が赤く、目についた。

正司は思い出した。去年、盲腸炎で入院していた時、そこで働いていた看護婦の村井信子だった。知性の高い女性で、まだ二十五、六歳なのにアウグスティヌスを読んでいるのだった。

正司は手をあげた。向こうも小さく手をあげて振った。正司は近づいて行った。

「松下さんじゃありませんこと。私を覚えていて？」

「もちろん覚えていますよ、村井さん。美人を忘れるほどうすのろではありませんよ」

「お世辞に目が眩むほど馬鹿ではありませんわ」

「君のいいところも、悪いところもその皮肉《シニカル》なものの言い方だ」

「まあ、言うわね。ところでお元気？」

「元気です。あり余っていますよ。半分お分けしましょうか」

「私も元気なの。学校からの帰り？」

「いや、ちょっと散歩。しかし、もう半年もすれば大学ともお別れでね、惜しいような気もするが、別の希望もありましてね」

「うらやましいわ。ところで、私のアパートはこの近くなの。寄っていかない？」

「いいのかな。どこかの馬の骨をくわえ込んで」

「あなた馬の骨なの？　いらっしゃい」

彼女は先に立って歩き出した。途中で左へ折れた。すると狭い路地が商店街になっており、その商店街が終わる所に、クリーム色のモルタル塗りで三階建ての、最近建ったと思われるアパートがあった。

二階の突き当たりの裏庭に面した部屋が、彼女の部屋だった。二間あり、左手は板敷きでキッチンになっており、右手は六畳ほどの居間で、周囲の壁際に洋服箪笥や本棚やテレビが置いてあった。全般に片づいているという感じであり、鏡台とその上に並んでいる化粧品が女性らしさを感じさせた。

「狭いでしょ、でも私の城なの」

「坐って半畳、寝て一畳と言うよ。一人暮らしでは充分だね」

彼の注意をひいたのは本棚だった。読む本を見ればその人の人格がわかるというが、彼女の場合、相当レベルが高かった。料理や裁縫の本は女性としては当然であるし、看護学、生理学の本は、彼女の職業柄当然といえた。だが、そのほかに聖アウグスティヌスの『告白』やデカルトの『省察』などがあり、アベ・プレヴォの『マノン・レスコー』もあった。

「あなたに会ったのは何かの機縁だわ。運命とは出会いであるというわね。私、信奉してるの」

「これから君と僕との間に何か運命が始まるというわけか。そんな大げさなことじゃないと思うけどな」

「あなたモンテーニュ知ってる？　運命はわれらを幸福にも不幸にもしない。ただその材料と種子とをわれらに提供するだけである、と言ってるわ」

「つまり、煮たり焼いたりするのはわれわれだというんだな。その通りだ。自分の運命をいかに考えるかというのが大切なんだ」

正司は部屋に上がって彼女とお喋りした。彼女と話していると、時間の経つのを忘れた。時計を見ると大分時間が経っていた。

「そろそろ帰らなければ……」正司は腰を浮かした。

村井信子は、チョットと言って彼の前へ回り、両手で彼の両頬をはさんでキスをした。正司は頭を後ろへ引こうとしたが、両頬をはさまれているので動けなかった。長いキスだった。そして正司にとっては生まれて初めてのキスだった。彼女の唇が正司の唇をクネクネと動いた。そして離れた。彼女はじっと正司の顔を見つめた。正司はどう考えていいのかわからなかった。

「唇がもぎ取られたようだ」

「私はキッス魔なのよ」信子が言った。

正司は再び畳の上に坐った。彼女も坐った。長い間二人とも黙っていた。

「唇がスウスウする。どうしたんだろう」正司は言った。

「誰かに唇をもらったら?」

正司は立ち上がると、ドアを開けて出て行った。

翌日からまた講義が始まった。正司は熱心にノートをとっていたが、村井信子とキスしてから四、五日経った頃、貿易論の講義を聴きながら唇が乾いてくるのを意識した。喉が渇いたのかなと思ったが、そうではなかった。村井信子の唇がチラッと思い出された。それを振り払うようにして講義を聴こうと思ったが、信子の唇が、だんだんとはっきり思い出され、それとともに正司の唇がスウスウと風が吹くような感じに変わってきた。

「誰かに唇をもらったら?」信子の言葉もそれとともに思い出された。もう講義どころではなくなってきた。

ちょうど時間になって第三時限が終わった。彼は急いでノートを鞄にしまうと立ち上がって教室を出て行った。彼は食堂の方へ行かずに文学部の方へ向かった。文学部でも講義が終わって、学生が三三五五出て来た。しばらく待っていると、ダンス友達の西淳子が出て来た。グループの五谷和子も、勝さゆりもいなかった。

正司は手をあげた。淳子も正司を認めてニコッと笑った。正司は近づいて行った。

「長いこと会わなかったわね。夏休みのせいもあるけど」淳子は言った。

「そうだね。夏休みには、君はなにをしていた？」

「アルバイト。百貨店の店員をしていたの」

「儲かった？」

「まあね。あなたにコーヒー一杯おごってあげるくらいはあるわ」

「ハハハ。それはもっと後にしよう」

「どこへ行くの？」

「そこ」

正司は経済学部の校舎の方へ戻り、階段を昇り始めた。三階の突き当たりの三〇八号教室には誰もいなかった。そこへ入っていくと、一番奥の机に正司は坐った。淳子も坐った。

正司はちょっとと言って淳子の前に回ると、両手で淳子の両頬をはさんで唇を近づけた。淳子は「なあに」と言って首を振ろうとしたが、結局キスされてしまった。あわてていたので歯と歯がぶつかった。口紅を塗っていない淳子の唇は軟らかかった。正司が唇を離す前に、淳子は両腕を正司の背中に回し、一瞬力を入れた。唇が離れると、淳子は笑っているのか、睨んでいるのか、あごを引いて上目づかいに正司を見た。

正司の方は、村井信子にもぎとられた唇が戻ってきたような気がした。彼は黙って立ち上がると、そのまま教室を出て行った。

(八)

それからしばらくは唇の乾く感触はなく、正司は勉強に日を過ごした。ダンスの同好会には行かなくなっていた。

しかし、また様子がおかしくなり出した。唇がカサカサになるのである。そしてその度に村井信子の唇が思い出されるのだった。

そんなある日、四時限の講義を終えて帰ろうと思い、校庭をブラブラ歩いていた。すると向こうから五谷和子が、手に鞄を持って一人でやって来るのに出会った。背のスラリと高い、ヒッツメ髪をした彼女は、どこかのオバサンのように見えた。

「五谷さん」正司は呼びかけた。相手は微笑んで、「松下さん。このごろダンスをお見限りね」と言った。

「そういうわけじゃないが、ちょっと来て」

彼は先に立って歩き出した。

「どこへ行くの?」

「ちょっとそこまで。いいものをあげる」

彼は経済学部の校舎へ入って階段を昇っていった。和子はついてきた。三〇八号教室の中へ入ると、だれもいず、ガランとしていた。手前の机の前で立ち止まると、正司は向きを変えて和子を抱きしめた。

「何をするの?」

「キスをしよう」そう言って正司は、一方の手で身体を抱き、一方の手で和子の後頭部を支えて唇を近づけた。和子は見開いていた目をつぶった。正司は唇を重ねた。しかし相手の唇は押しつぶされたようになっていた。すると和子が口を開けた。それで正司はちゃんとキスすることが出来た。カサカサした感じの正司の唇にうるおいが戻り、元の唇になった。

「わかっているわよ」和子は言った。

何がわかっているのかわからなかったが、正司は出よう、と言って教室を出て、一階の入口のところでサヨナラと言った。

九月になって、大学の食堂の掲示板には新入社員募集の張紙が何十社もベタベタと張られていた。卒業予定の学生たちはそれを見て、それぞれ教授に推薦状を書いてもらい、応募していた。正司も、自分の性格は営業に向いていると思い、メーカーの営業部門か商事会社をいろいろ比較していた。

そして近畿電力の募集を見て、それに応募することにし、ゼミナールの今村教授に相談にいった。教授は丸顔で白髪頭の金融論の先生だった。

正司の成績を調べ、推薦状を書いてあげましょうと言い、一週間後に取りにくるようにと言った。正司は他に二、三社受けるつもりで、引続き掲示板の張紙を見ていた。

その二、三日後の夕方、正司が下宿で本を読んでいると、西淳子がやって来た。

「これは珍客」そう言って正司は二階の自分の部屋に通した。

「来て悪かったかしら」淳子は言った。

「どうして、どうして。淳子さんなら大歓迎だ」と正司は答えた。

「僕は今、就職のことで頭がいっぱいだよ」

「私は来年よ。どこへ入るの？」

「近畿電力を受けようと思っている。僕の性格なら営業部門がいいと思っている。他に二、三社受けようと思っている」

それから就職の話やら、勉強の話になった。

「私ね、父が会社の社長をしているけれど、父の仕事を引き継いでくれる人と結婚するねん」

それから淳子は唇を突き出すようにして、目を閉じた。その時正司は村井信子の唇を思い出した。そして唇が乾いているのに気がついた。彼は物も言わずに淳子を抱きしめ、一回目の時よりも上手に接吻した。二人の唇は少し斜めに重なり合った。しばらくの間そうしていたが、やがて離した。

しかし、正司は唇がもとへ戻った感じがしなかった。しばらくすると、唇がどこかへなくなったような気がした。正司は再び淳子の唇を求めた。

「気分よかったわ」と淳子は言った。しかし正司は少しも気分がよいことはなかった。

淳子は座蒲団の上に坐っていたが、足を投げだすと、スカートを少しばかりまくった。

それから半分ばかりまくり上げると、白いパンティがむき出しになった。

「脱ぐわよ」彼女は言った。

その時襖が開いて、下宿のオバさんがコーヒーを二ついれて持ってきた。下宿のオバさんとしては、正司に初めての女のお客さんだから、コーヒーの一つもサービスしようとの心づもりだった。しかし、まともに淳子のパンティを見てしまった。この下宿のオバさんは少し堅物だった。何も言わずにコーヒーを置くと襖を閉めた。

正司は下宿のオバさんに変なところを見られたのもさることながら、淳子がパンティを脱ごうとしているのにびっくりしてしまった。

〈違うんだ。違うんだ〉彼は心の中で叫んだ。

淳子はパンティをずり下ろした。毛の生えた丸いふくらみが見えた。

「早くして」彼女は両手を後ろについて半分起き上がった恰好で言った。正司は動かなかった。沈黙の時が流れた。淳子はしばらくしてパンティを戻すと立ち上がって服装を整えた。

「帰る」

正司は黙って立ち上がると、彼女を送り出した。

それから二、三日して彼は今村教授の所へ推薦状を貰いにいった。教授は、前はニコニコしていたのに今回は厳しい顔で、

「松下君」と呼んだ。

「君について聞いていることがある。ふしだらな行為があるようだ」

ふしだらと言われて、一瞬何のことかと考え、おそるおそる、

「ふしだらな行為とはなんでしょうか」ときいた。

教授は、「下宿へ女性を連れ込んで猥褻な行為をしただろう」と言った。彼は下宿のオバさんが通報したなと思いついた。

「近畿電力には推薦状を書けない。他の会社にしなさい」教授の言葉は厳しかった。正司は何とかして言い訳しようと思ったが、喋れることではなかった。正司はシュンとした。

「すみません」何となくこう言って頭を下げると教授の部屋を出た。

（九）

正司は一週間ほどして掲示板に豊臣商事の募集の張紙を見つけ、何を扱っている会社かなと思いながら今村教授の所へ行って推薦状を頼んだ。教授もそんな会社を知らなかったらしいが、「これなら推薦状を書いてあげられる」と言って、その場で推薦状を書いてくれ

た。

正司は推薦状と履歴書を持ってその会社へ出かけて行った。

地下鉄の心斎橋駅で降りると、歩いて十分ほどの所にその会社はあった。四階建ての大きなビルで、中では社員が忙しそうに働いていた。一階は営業部になっているらしく、社員が五十人ほど働いていた。これなら相当の規模で商売しているなと思った。

正司は一階の受付けへ行き、

「入社試験の願書をいただきにきました」と言った。

受付嬢は、

「どうぞ二階へお上がり下さい。そこに人事課がありますから」と言ったので、階段を上がって二階へ行き、右手にある人事課のドアをノックした。返事があったのでドアを開けると机が並んでおり、左側に長椅子が二つばかりあって四、五人の学生が坐っていた。みんな願書を貰いにきた連中である。女子社員が、どうぞその椅子に坐って待っていて下さいと言った。

人事課の課員は四、五人ほどで、一番端の机に坐っていた、少し肥った誠実そうな三十五、六歳の男が出てきて空いている椅子に坐り、

「どうやら人数も集まったようなので当社の概要をお話して、みなさんの参考に供したいと思います。もし入社された暁には、みなさんの力が当社を引っ張るような活動をしていただきたい」

　そこで一息入れて、

「当社の創立は二十年前です。瑞穂製鉄の指定問屋として、瑞穂製鉄のお声がかりで始められ、大阪における鉄鋼専門商社として業績を伸ばしております。従業員は四百名、資本金は四億円、月に二十億の売上げがあり、着々と地歩を固め、将来は貿易相手国として東南アジア各地域、アメリカへも進出したいと思っております」と続けた。

　その男は人事課長だった。一通り説明が終わったところで願書の用紙が配られ、入社試験の日に履歴書と推薦状を持ってくるように、と言った。

　そこでお開きとなり、正司は立ち上がって帰ろうとした。すると一緒に来ていた学生の一人が、一緒にコーヒーでも飲もうと話しかけてきた。喫茶店に入った。その学生は京都の洛北大学の学生だったが、豊臣商事について知っていることをいろいろ教えてくれた。正司はこの会社ならいいと思った。

　だが、彼と別れて帰る電車の中で、正司は唇が乾き出したのを感じた。なるべく我慢して下宿に帰ったが、昼の喪失感はひどくなるばかりだった。

夕方になって彼は下宿を出て、大崎深雪の下宿へ行った。教えてもらってあったので、すぐ見つかった。ベルを押すと中年の魅力ある女性が出てきた。正司が名前を告げると、「ちょっと待って下さい」と引っ込んだが、やがてまた顔を出して、「どうぞ」と言った。

正司が二階に上って深雪の部屋へ入ると、彼女は大あわてで万年床のふとんを、息を切らしながら片づけていた。正司は、そこらへんに敷いてあった座蒲団の上に坐った。ぐるりと見回してみると、一方の壁に鏡台があり、上の方は窓だった。反対側の壁には衣桁が立ててあり、襦袢がかけてあった。その襦袢のせいで部屋全体が艶めいていた。鏡台と並んで座机がおいてあった。教科書が二冊ほど載っていた。本棚を探したが、どこにもなかった。

〈まるで娼婦の部屋だ〉正司は思った。

深雪がニコニコしながらやって来て、「久しぶり」と言った。

実際、九月になってから正司は一ぺんもダンスに行かなかったのである。深雪は、夏休みにやけどをして、顔がメチャメチャになったと手紙に書いてきたが、顔はどうにもなっていなかった。

「やけどをしたと言ってたけど、どうなったの?」

「あれは大したことなかったの」

「それはよかった。このところ就職問題で忙しくてね」と正司は言った。

「私ね、今日学校サボッて映画を観てきたの」深雪は話し出した。

「何という映画?」

「黒澤明の映画よ。『羅生門』というの。三船敏郎と京マチ子が出ているわ」

「それなら知っている。芥川龍之介の原作で、中身は『羅生門』と『藪の中』だろう。前に小説を読んだことがあるよ」

「私、正直言ってわからなかった」

「僕は映画を観てないから何とも言えないが、小説を読んだ限りではこういうことだと思うよ。つまり、ある事件が起こると、それぞれの側で感じ方が違うということ、それで真相はついにわからないということだよ」

「ふーん。京はめぐまれていると思うわ」

正司はびっくりした。京マチ子を京と呼び捨てにしたことにも驚いたが、何か京マチ子と対等の立場に立って物を言っているようなところに驚いた。

それから次々映画の話や学校の話をしたが、不意に正司の唇が、ここへ来た理由を思い出させた。

正司は座蒲団から滑り下りて、深雪の横にすり寄った。そしてソロソロと右手を深雪の身体へ回し、抱きかかえるようにした。深雪はジッとしていた。

不意に正司は両手に力を入れると、深雪の身体を後ろへ押し倒した。

「いやっ」深雪は大声で言って正司に抱きかかえられた腕をふりほどこうとした。正司はさらに力を入れて顔を近づけ、右、左と向きをかえる深雪の顔を両手で押さえつけた。不意に深雪は静かになった。そこで正司は唇を深雪の口に押しつけて唇を貪った。正司の唇は元通りになった。正司は離れるとニコッとした。

「やっちゃった」深雪は言って起き上がり、服装を整えた。深雪はムームーを着ていた。正司はそこですぐ帰ってきた。

十月の中頃、豊臣商事の入社試験があった。正司が問題に取り組んでいると、唇が乾き出し、頭が空っぽになった感じがした。もう問題を考える余裕がなくなった。正司は途中で用紙を裏返しににし、静かに試験場を後にした。

初めて正司は不安を感じた。これでいいのだろうか。入社試験は一生を託す会社の試験である。せっかくのいい会社がオジャンになった。クラクラと目眩がするようだった。俺はどうなる？　行く手をふさがれ、不安が覆いかぶさり、立ち止まっている自分が感じられた。「絶望」そんな言葉が頭に浮かんだ。彼は自分を責め始めた。お前がしっかりしていないからだ。他の人を見てみろ、それぞれに自分の道を発見して進んで行くではないか。〈その道がない。ふさがれたのだ〉現実の前に俺は押し潰されたのだ。希望も夢もなくなった。俺は落ちこぼれになったのだろうか。

暗い方へ、暗い方へと想像が進んでいった。今どこを歩いているのだろうか。このまま家へ帰れるか。故郷の母の顔が思い出された。自信をなくしてしまった。仕方がない。また明日だ。

「明日」この言葉を思い出して少し慰んだ。明日、明日、彼は呟き続けた。俺にあるのは明日への希望だけだ。だが、明日になればまたいいことがあるだろうか。しかし仕方がない。希望の明日でも、絶望の明日でも、俺にあるのは明日だけだ。どこをどう歩いたのか、試験を受けるため、朝八時に出かけたのに帰って来たのは夕方の六時だった。

近所の食堂で夕食をすませ、唇に穴のあいた感じに悩まされながら下宿の二階で寝ころがった。その時、下宿のオバさんが上がって来て、「女のお客さんよ」と言った。

「よくもてるわね」とも言った。

訪ねて来たのは阪元智子だった。色が黒くてこぢんまりしており、顔も別嬪だとは言いかねた。正司に思いを寄せているらしいが、正司はあまり好きではなかった。

智子が上がって来て、正司のさし出した座蒲団に坐った。正司は、お茶を出してくれるように階下に頼みにゆき、戻ってくると、智子がとても可愛らしく見えた。そこで智子の肩へ手を回すと、ギュッと抱きしめた。智子はハッとなって身体をねじるようにしてもだえた。正司は黙ったまま智子の唇に唇を重ね、口を吸った。彼女は吐息を洩らした。長いキスだった。正司は今朝からの唇の喪失感が消えたのを感じた。

正司は唇を離した。智子は夢みるようにボーッとなって坐っており、もとの彼女に戻るまでに時間がかかった。

智子は京都の嵐山へ遊びに行こうと誘いにきたのであった。だが、そんなことはもうどうでもよくなった。このキスは、彼の愛の証でなくて何であろう、智子は思った。

正司は唇がもとに戻ったので元気が出て、いろいろと喋った。智子は専ら聞き役で、正司の話を面白そうに聞いていた。夜も遅くなったので智子は帰って行った。帰る時、もう一度キスをしてほしそうに、チラッと彼を見上げた。しかし彼は応えなかった。

(十)

二、三日経った。その日は、大崎深雪と話した映画『羅生門』を夕方から観に行って帰りが遅くなった。十時頃だった。地下鉄はそんなに混んではいなかった。正司は坐って前方を見つめた。いろいろな服装の人が坐っている。正司は端から見ていった。すると真向かいに坐っていた女の子が、正司を見つめているのに気がついた。彼女はやがて下を向いた。すると、彼女から何か霊みたいなものがスルスルと伸びてきて正司の身体で止まった。〈俺のことを考えたな〉正司は思った。そして観察した。美人だった。スタイルも良く、薄い紺色のブラウスに同系色のスカートをはいていた。どこも崩れたところはなく、良家の子女のようだった。正司は昭和町の駅までずっと眺め続けた。

昭和町に着いて、正司が降りると彼女も降りた。正司は彼女の後について改札口を出た。どこへ行くのか。正司は興味を感じてついて行った。彼女は気がつかなかった。駅を出て股《もも》ヶ池公園の方面へ歩いて行く。駅を出た頃はチラホラと人通りがあったが、股ヶ池公園の中は寂しかった。そこの中を通り抜けていく。

股ヶ池公園は、周囲が池に囲まれていて細長い。途中でちょうど瓢箪のようにくびれた場所があり、橋がかかっていた。そこまでついて行って正司は彼女を呼び止めた。

「もしもし」

彼女は足を止め、ふり返って正司を見た。電車の中で真向かいに坐っていた男だとわかって、彼女は目を丸くした。

「こんばんは」正司はそう言って近づき、すぐに抱きついた。そして抱えあげるようにして顔を近づけ、唇を押しつけた。彼女は黙っていた。抵抗するでもなく、正司に抱かれたままキスを受け容れた。正司の乾いていた唇が力をとり戻し、濡れてきた。正司は彼女を離した。もっと知り合いたいような気持ちになったけど、彼女は空を向いて嘆息するような恰好をしながら何一つ物も言わずに去って行った。

それから、二、三日経って、豊臣商事から通知が来た。不合格の通知だった。正司はその通知をじっと手に持ちながら嘆息した。当然のことだ。答案を半分白紙にして出てきたのだ。誰が採用出来るだろうか。だが口惜しかった。

何故出てきたのか？　唇がカサカサになったからだ。我慢していることが出来なかったのか？　出来なかった。何故唇がカサカサになったのか？　村井信子とキスしたからだ。

あの村井信子の唇、異様に赤い唇……。

そこまで考えた時にその村井信子の唇がハッキリ思い出され、空中から正司を見張っているような感じがした。正司の少しはあった希望と夢がガラガラと音をたてて崩れ落ちる気がした。

俺はどうなる？　他の会社を受けても、試験場で村井信子の赤い唇を思い出さないという保証はない。また途中で出てくるだろう。その結果は？

〈わかったことだ〉正司は自分の行く手が次々と閉ざされるような気がした。そして、やり場のない憤りをもって立ち止まっている自分が感じられた。その時、唇がまたカサカサになりかけた。これだ、これがいけないのだ。


平日の午後は地下鉄の乗客もそんなに多くなく、座席は満員だが立っている人はそんなに多くはなかった。正司は座席が一つ空いていたのでそこへ坐り、向かい側の人を見始めた。

何となく唇ばかりが気になった。

前に三人のオバさんが坐っていた。

端の人は顔がクシャミしており、額が狭くて唇が横に大きい。何となく孫悟空のようだ。

次の人は太っており、鼻があぐらをかいている。唇が目立たなくて、丸顔で豚みたいだ。そうするとこれは猪八戒か。

その次の人は唇がとんがっている。頭のてっぺんが禿げていそうで、これは河童だ。いや烏天狗？　しかし烏の嘴ほどとんがってはいない。色が黒くもない。するとやっぱり河童か。清水崑の描いた河童の美人？　いやそんなに美しくはない。これを河童の美人だと言ったら清水崑の河童の美人が怒るだろう。そうすると、これは沙悟浄か。

三人面白そうに喋っている。孫悟空と猪八戒と沙悟浄と三人そろったところで、これは西遊記だな。三蔵法師はいないのか。いや、あれは男だ。

次の女学生二人は髪を長くたらしていて、お互いに喋っている。一人は眼鏡をかけており、一人は反っ歯だ。二人とも口紅をつけていない。だが健康そうだなあ。

次は男だった。ビジネスマンらしく鞄を持っており、何やら書類を広げている。

おやっ、次の娘さんは美しい。髪にパーマネントをあて、鼻がツンと尖って上を向いており、薄化粧の顔は白く輝いている。口もとは固く緊り、口紅をつけていた。切れ長の目もとは涼しかった。正司は彼女の口もとに引きつけられた。唇を見つめていると、何かだんだんと大きくなるようであり、それが顔全体にまで広がるように思えた。

〈キスをしたいな〉そう思った。そう思うと、だんだんそれが実現しそうに思えてきた。

彼はフラフラと立ち上がり、次第に彼女に近づいていった。そして覗き込むようにして唇に唇を触れようとした時、「何をするの！」彼女は大きな声を出した。そして、「キャーッ！」と叫んだ。

正司はびっくりした。そしてなんとなくうつむいた。すると、近くに立っていた男が正司に後ろから組みついてきて、正司をひきずりまわした。

「痴漢です。痴漢です。助けて下さい！」彼女は続けざまに言った。

女性の唇を観察していたので、電車が難波を過ぎているのがわからなかった。彼に組みついた男は、本町駅で彼をひきずり降ろし、そこにいた駅員に、「女性に乱暴しようとした男です。警察を呼んで下さい」と言った。駅員は頷くと、男と一緒に正司を詰所へ引っ張っていった。正司がキスをしようとした女性もついて来た。けげんに思った人々が群がって詰所を覗いていた。

やがてパトカーが到着し、警官が二人入って来た。

「強制猥褻罪の現行犯として逮捕します」先頭の柄の小さい警官が言った。正司の手首に手錠がはめられた。

「あなたがたもご一緒に」警官は、正司がキスしようとした女性と正司を取り押さえた男に言い、彼等も同じパトカーに乗った。

東署に着くと刑事部屋へつれて行かれ、机をはさんで取調べの刑事と向かい合って坐った。

「お前のおかげで女性の心を傷つけたじゃないか」刑事は第一番にブチかました。が正司は椅子の奥深く腰かけていたので、刑事の怒鳴り声の威力は届かなかった。

「名前は？」

「松下正司」

「学生か」

「そうです」

「どこの大学か」

「住吉文科大学です」

「何をしようとしたのか」

「キスしようとしました」

「何でまた見ず知らずの女性にキスしようとしたのか」

「わかりません」

「むりやりに猥褻行為をしようとすれば、強制猥褻罪になることを知っているな?」

「知っています」

「彼女が美しかったからか」

「そうではありません」

「彼女が可愛かったからか」

「わかりません」

「よし、わかった」

正司は手錠をほどかれると、警官につれられて留置場に入った。

刑事は一緒について来た女性に向かって言った。

「強制猥褻罪は親告罪です。事件にしようと思えば、あなたが告訴しなければなりません。告訴しますか」

女性は少したじろいで言った。

「びっくりしただけなんです。今は落ち着きました。あの人が二度とやらないならば告訴は致しません」

「そうですか。それならば事件にしないでおきましょう」刑事はそう言って彼女を送り出した。

刑事は上司と相談して、微罪であるし、初めてであるので立件せず、始末書だけを取って、翌日釈放することにきめた。

翌日、今村教授がカチカチに顔をこわばらせてやって来た。

「君という人は何ということをしたのです」教授は鞄の中から新聞を取り出した。それはその日の朝刊だった。社会面を広げると、あまり大きくはなかったが、「接吻泥棒捕まる」という見出しで、

「十月十六日の午後二時頃、地下鉄御堂筋線、本町駅附近で、その地下鉄に乗っていた住吉区にあるS大学の学生Aが、突然会社事務員B子さんを抱きしめ、キスを奪おうとした。B子さんが大声を出したのでAは未遂に終わり、近くにいた男性に取り押さえられて東署につき出された。AはB子さんが可愛かったからと言っている」と書かれてあった。

「学校の恥となります。君の責任は重い」気の小さい今村教授は次々と正司を責めたてた。

「S大学と書いてあるだけだから」と立ち会いの刑事が言ったが、「住吉区のS大学とあれば、どこの大学か一目瞭然です」と教授は言った。

「しかし、反省しているならよろしい。一緒に帰りましょう」

教授は怒っていたが、結局正司をつれて帰った。

正司は二、三日ボーッとしていた。いずれ教授会が開かれるだろう。もしかしたら退学になるかもしれない。俺は今まで何をしてきたのだろう。ここにきて、こんな破目になるとは。次から次へといろんな想念が浮かび出て頭の中をクルクル空転した。

正司は散歩に出た。どこでもよかった。歩けるところならどこまでも歩くつもりだった。そのうちにいい考えが浮かぶかもしれない。行くともなく寺田町の方へ向かった。頭を下げて考えながら歩いた。

不意に誰かが呼んだ。

「松下さん」

ふり返ってみると村井信子だった。村井信子は口紅のきつい口をあけてニコニコしていた。

「ああ、村井さん」正司は言った。

「村井さん、君のおかげで大へんなことになったよ。就職試験には失敗するし、事件を起こして留置場に入れられるし……」

「そうお、それは気の毒ね」村井信子は正司の言葉に驚かなかった。

「何とかしてくれよ。唇がもぎ取られたみたいだ。人生がメチャメチャになってしまう」

村井信子はニッコリ笑った。

「言ったでしょう。私はキッス魔なの」

そして、「返すわ」そう言って投げキッスを送ってよこした。

彼の唇は、何かがガチャンと嵌まったようになり、落ち着いた。それは他の女の子とキスした時に味わった満足とは別の、もっと安心させる何かであった。

村井信子は、そのままスタスタと歩き去った。

正司は安堵した。これだ。これが元通りの俺だ。正司は散歩に出てよかったと思い、下宿の方へ向かった。
二、三日して故郷の石川県の伯父から手紙が来た。それには卒業予定おめでとうと書いてあり、もし就職がまだ決まっていないのならば石川県の県庁に入らないか。もちろん試験は受けてもらうが、と書いてあった。この伯父は石川県庁の総務部長をしている秀才だった。
正司はパッと希望の灯がともるのを感じた。よし、これだ。ありがとう伯父さん。僕はそこへ行く。試験には受かるだろう。体力もかなりある。よしやるぞ。西淳子を連れて行く。

一時はどうなることかと思ったが、災難だった。それも過ぎ去った。やるぞ。正司はいつまでも興奮して、将来のことを考え続けた。

高校水泳部

(一)

太陽はサンサンとして降り注ぎ、海はキラキラと光っていた。波はそう高くはなく、穏やかに岸辺に打ち寄せている。岸の砂の上で五十人ばかりの高校生が、水着を着て体操をしていた。先生と思われる人が二人、それにその助手とでも言ったらいいような少し身体の大きい若者が五人、五十人の高校生をとり巻くようにして体操をしていた。苗代高校の夏期水泳訓練は最終日になった。

体操が終わると体育の篠田先生はピッと笛を鳴らし、五十人の一年生を男、女、それぞれ三組に分けた。助手と思われた若者は水泳部の卒業生三人と、現役の水泳部三年生二人であった。もう一人の先生は水着ではなく、白いズボンとシャツ姿であり、海には入らなかった。五十人は八人ばかりのグループ六つに分かれて海の中に入って行った。そのグループ一つにつき一人の助手がついた。

山田貞夫は女子の金槌組を受け持ち、背の立つ浅瀬でグループを止まらせた。そのグループは最終日の三日目なのにまだ泳げなかった。首を海水の上にもたげてフラフラ浮いている者もあれば、泳ごうとはせず、浅瀬に立っている女の子もあった。

〈しかし水を怖がってはいない〉

貞夫はそれが取り柄だなと思った。

「さあ、水の上に浮く練習をしましょう」彼は言った。

「息をとめて、手で足を持って丸くなって背中で浮いてごらん」

八人の女の子は試みた。ちょっとばかりしてすぐ顔を上げて立ち上がる子と、三十秒ぐらいの間息をとめて浮いている子もあった。三十秒ぐらい息をとめて浮いている子は、泳げる一歩手前だった。顔を上げてすぐ立ち上がる子を残しておいて、長く浮いている子を一人一人泳がしてみた。しかし顔を水につけようとはせず、顔を上げたまま手と足を動かしているのだ。

貞夫は、「顔を水につけて」と指示した。そして実際にやって見せた。その子はしばらく考えていたが、顔を水につけだした。手足を動かして、少しばかり動くようになった。三人ばかり成功した。

「続けて練習すること」貞夫はそう言っておいて次のグループにかかった。そのグループの子らは首を上げて手足を盛んに動かすのだが、だんだんに沈んでいってしまうのだった。

貞夫は浮身の練習から始めたらいいと思った。それで、今度は手で足を持たず、うつ伏せになって浮く練習をさせた。

「息をとめて、全身の力を抜いて」彼は言った。それでもだんだんと足の方が下がっていくのだった。

その金槌組の一人が、可愛らしい顔をした女子生徒だったが、キャッと言って貞夫にしがみついてきた。

「これこれ、そんなことをしてはいけません」

貞夫はたしなめた。

〈まだ子供だ〉

「それでは手を持ってあげますから、足の練習をしましょう」

しがみついてきた生徒の両方の手を、貞夫は両手で持った。

「足を、蛙泳ぎで泳いでごらん」

その生徒は、足を開いたり閉じたりした。

「もう少し足を開いて」彼は言った。

「勢いよく水をはさみましょう」

なんとか恰好がついた。手で持っていると身体が前へ進むようだった。

「今度は手の練習をしましょう」

貞夫はその生徒の胴を支え、手を離した。手を動かし始めたが、何だかもがいているようだった。

「順序よく、手と足を動かしましょう。まず、足と手をのばしてごらんなさい」

その生徒は言われる通りにした。

「手で水をかいて。足はのばしたまま、のばしたまま」

やってみたが水をなでているような感じだった。

「もっと大きくかいて。身体は支えてあげますから、前へ進むように水を後ろへかいてごらん」

素直な性質なのか、なんとか見られるようになってきた。

「その通り、その通り。手をかき終わったら足を縮めて、それから大きく足を後ろへ蹴る」

その生徒はやってみたが、手と足の動きがバラバラだった。

「手と足をのばして、その時顔は水につける」

その生徒は、それまで顔を上げたままで水を嫌っているような感じだったが、思い切って顔を水につけてみた。

「それから手をかいて、足を後ろへ蹴って」

その生徒は顔を上げたとき、手で顔を拭った。

「そんなことをしてはいけません。濡れたままでほうっておくこと」

飲み込みの早い方だった。続けて何べんもやっていると、なんとか蛙泳ぎらしくなってきた。そして徐々に前へ進むようになった。貞夫はだんだんと手を離していった。そして、そのまま二メートルほど泳いだところで底に足をつけた。

「君はそれを、一人で練習しなさい」

まだ金槌組が四人ほど残っていた。貞夫はその生徒らに取りかかった。先の子と同じような欠点があった。水に顔をつけることを知らないのである。

「さあ君、手を持ってあげますから足の練習をして」

先ほどの生徒がやって来た。

「先生、五メートルほど泳げた」

「ようし、だんだん長く泳げるようになるよ。続けて練習して」

あとの三人も、なんとかものになるようになった。

笛が鳴った。篠田先生が叫んでいた。

「休憩」

海の中にいた助手や生徒はぞろぞろと砂の上に上がって来た。太陽が照りつけ、砂浜は焼けるように熱かった。そこへ、生徒も先生も助手も坐った。太陽の光のもとで皮膚がヒリヒリした。卒業生三人と現役の三年生二人はなんとなく集まって坐った。

「なんとか泳げそうですね」貞夫は言った。卒業生三人のうちの一人、西村正夫は貞夫より二年先輩で、もう一人の小坂綾己は一年後輩だった。

「泳げるよ」西村は簡単に答えた。

「犬だって泳ぐんだからな。教えてもらわずに」

その時篠田先生の声が響いた。

「次の回はテストを行う。一人一人私が見る」

先生はノートを持っていた。それを広げて見たが、やがて閉じると呼子笛をまたピッと鳴らした。

五十人は水に入って行き、浅瀬で一列に並んだ。篠田先生も入って行き、ノートを開くと、

「一人一人名前を言って泳いでみなさい」と言った。

助手の五人は先生のそばに立って生徒が泳ぐのを見ていた。かなり泳ぐものもあり、二、三メートル泳いで立ち上がってしまう子もあった。篠田先生は一つ一つ採点していった。

全部終わると篠田先生は告げた。

「夏期水泳訓練はこれで終わる。浜辺へ上がって体操をしてから着替えること」

十二時に近かった。体操がすむと生徒たちはガヤガヤ言いながら脱衣場へ上がって行った。脱衣場には井戸があった。手押しポンプを押すと冷たい水があふれ出した。みんなは塩水でニチャニチャした身体をそれで洗った。

女子は別に脱衣場があり、そこで陽気にしゃべりながら井戸水をかぶったり、着替えたりした。貞夫たちも身体を洗い、少し冷たくなった身体を拭いて服を着始めた。貞夫はこの訓練に助手として出るのは初めてだった。貞夫が高校一年生の時もこの訓練があった。しかし、貞夫は泳げたので訓練に出なくてもよかった。

〈泳げない人をコーチするのも楽しいものだ〉

それが今回の感想だった。

彼は小坂と並んでロッカーから白のカッターと黒のスラックスをとり出した。その時、西村が近づいて来た。

「山田」

「なんですか」

「俺は一昨年、昨年と苗代高校の水泳部ヘッドコーチをやってきたけれど、仕事が忙しくなって出来ないようになった。山田がやってくれないか」

貞夫は一瞬のうちに決断した。

「いいですよ」

「頼む。俺も時々見に行くけど、毎日は行けないんだ」

「大学も夏休みに入ることだし来年のことはわかりませんが、今シーズンはやってみます」

「よしきまった」西村は離れて行った。

小坂が声をかけた。

「山田さんヘッドコーチ引き受けたんか」

「そうよ」それはまるで手紙をポストに投げ入れるのを引き受けたような気軽さだった。

小坂は黙った。そして先輩三人は現役二人と連れ立って駅の方へ向かった。

（二）

苗代高校の水泳部は、監督が教員の中から任命されることになっていた。それは必ずしも水泳が出来るとか、学生時代に水泳をやっていたとかということは問題でなく、名ばかりのものであった。だからスポーツのクラブで、監督といわれる仕事はヘッドコーチと呼ばれて、大抵は卒業生がやっていた。ヘッドコーチが事実上の監督だった。貞夫は別に興奮するでもなく、怖れを抱くでもなく、淡々とした気持ちだった。チームに勝たせてやろうとか、ビシビシ鍛えてやろうとかといった気持ちは全然なかった。いわば無心のままでヘッドコーチの仕事に臨んだのであった。

貞夫がヘッドコーチを引き受けてから二、三日して、最初の試合があった。貞夫はチームのメンバーの顔をはっきりとは知らず、北摂高校のプールでの試合に行った。広いプールサイドにメンバーは坐っていた。レースに出る者が立ち上がってスタート台の方へ行った。貞夫は少し離れた所で、即ちよりプールに近い所でレースを見ていた。二百メートル自由形のレースが始まるところだった。

「鈴木、ビビッとる」二年生のマネージャーの塚本が貞夫のそばで声をあげた。その声で、貞夫はスタート台にのっている苗代高校の選手を見た。塚本の言う通り、落ち着かない様子で身体が小刻みに震えているのが見えた。だが貞夫は黙っていた。ピストルが鳴り、一斉に飛び込んだ。

〈練習試合だからな〉と貞夫は思った。鈴木はガンバッているのがわかった。しかし、力みすぎてスピードが上がらなかった。結局五着だった。

〈よし、よし、今にタイムが上がるぞ〉

試合中、貞夫は黙っていた。名前と顔がわからないし、また選手の状態がわからないので、観戦といった恰好だった。三年生のキャプテンの仁田はよくチームをまとめていた。

試合が終わると体操をした。試合そのものは三位に終わったが、別に屈辱感もなくわいわい言いながら引き上げた。そして梅田の駅で解散した。

二年生の鈴木健一は、試合から帰ってくると「ただいま」と言って二階へ上がり、物干し台でバッグに入れてあった水泳パンツとバスタオルを干した。母親が何か言うかと思ったが、玄関を入った時顔を合わせただけで何も言わなかった。そこで二階の自分の部屋で寝ころがって何を思うともなくボンヤリしていた。運動をした後なので疲れたような感じがして、骨のふしぶしが痛む。

母は健一が水泳をやるのに反対のようであった。健一が疲れて帰ってきても、何一つ声をかけるでもなく冷たく黙っているのだった。そんな母を健一は怖いもののように感じた。

母の鈴木一子には夢があった。田舎の百姓家に生まれ、厳しい環境の中で過ごした一子は、結婚は百姓家の生活におさらばし、自分が密かに考えていた夢を実現するチャンスなのだった。だから相手の男は自分の思い通りになる、おとなしい男がよかった。鈴木正はちょうどピッタリだった。陽気でベラベラとよく喋った。しかしすぐに一子は失望した。

〈頼りない〉

銀行員でありながら法律や経済の知識が全然ないのだ。利息計算も充分には出来なかった。確かに小学校しか出ていなかった。しかし、それならそれで努力が必要なのに、そんなことは全然やろうとせず、銀行であったこと、なかったことを一々報告するのだった。

一子はうんざりした。しかし耐えた。健一が生まれた時、一子は思った。

〈この子だけは立派に仕上げよう〉そしてまた思った。

〈この子は大会社の社長になる。私の子ですもの〉

一子は健一を厳しくしつけることから始めた。はい、いいえ、こんにちは、ありがとうをはっきり言わせた。五、六歳から店屋へ買物のお使いに出した。

また、小学校へ入ってからは、近所のお宮さんに毎朝お詣りに行かせた。学校でお習字の宿題があると手をとって教えた。朝飯を食べる前に家の中を掃除させた。健一はおとなしい素直な子で、みんな文句を言わずにやった。弟が生まれ、健一が高学年の時は一年生だったが、学校へ行く前、父と母と弟が台所で朝食を食べている時、仕切り戸をしめて健一ひとりが掃除をした。健一は文句を言うでもなく、むしろ誇らしい気持ちだった。

その健一も、六年生の時に一子から区役所へ行って戸籍謄本をとってこいと言われた時は抵抗した。

「区役所がどこにあるか、また入ったらどの廊下を行って、どの階段をのぼったらいいか、何と標示してある窓口へ行ったらいいかわからない」

一子は言った。

「お母さんだってわからないんやで、あちこち聞きながら行くんやで」

〈自分も出来ないことを子供の僕にやらせる〉

結局、健一はベソをかきながら出かけて行った。

小学校六年の時水泳大会があった。健一は五年生の頃から泳げたので、それに出場した。

五十メートル自由型で二着を取って帰ってきた。賞品のエンピツ一ダースを持って帰った。母はほめてくれるだろうと思ったのに、冷たい態度で、「そんなものに出なさんな」と言っただけであった。

中学に入って最初の学期末試験では三百人中四十番だった。一子は担任の先生に相談に出かけた。先生は、「あきらかに勉強不足です」と言った。

一子は帰ってくると家庭教師を雇った。一流大学の学生で、数学だけを教えた。健一はいやだったが、結局教えられることになった。家庭教師に教えられて、健一はわからなかった数学がわかるようになった。学力はぐんぐん伸びていった。一年の三学期を終える頃は三百人中十二番になった。

〈これでよかろう〉一子は家庭教師を解雇した。いつまでも家庭教師をつけておく弊害を知っていた。二年生になって健一は水泳クラブに入った。毎日帰ってくるのが遅くなった。

〈水泳は敵か味方か〉

一子は迷った。水泳をやっていても勉強もやっているようなので文句はつけられなかった。しかし疲れて帰ってきたら勉強がおろそかになる。家の仕事も手伝ってもらえない。

一子は家事は熱心にやっていた。しかし自分の満足出来る仕事が出来ないのだった。一子が正に家政婦を雇ってほしい、と言ったとき、正は唖然とした。

〈こんな貧乏暮らしに家政婦を雇う余裕がどこにある〉そして彼はこう答えた。

「健一を使いなさい」

一子は困ってしまった。健一に小さい時からいろいろ仕事をさせたのは教育のためであって、手伝ってもらうためではなかった。しかし正の言うことである。一子は健一に用事をさせることにした。そうすれば水泳は敵になる。一子は健一に水泳をさせまいとして水泳パンツを隠した。健一は父と母との微妙ないきさつを知らず、無邪気に毎日を過ごした。いくら探しても水泳パンツがないので、友達のを借りて泳いだ。水泳の方はタイムが上がらなかったが、学校の成績は落ちもせず二十番くらいのところで安定していた。自治委員になったこともあった。

高校に入ってから一子は健一にガミガミ怒鳴ることが多くなった。一子の怒鳴り声は威力があった。それを聞くと健一は萎縮してしまうのだった。

〈堪忍や、堪忍や〉健一は心の中で叫んだ。しかしなぜ怒られたのかはわからなかった。一子が望んでいたのは、健一が学校が終わるとまっすぐ家に帰ってきて家事を手伝い、晩になれば三、四時間勉強して寝ることだった。だが健一はそうはならなかった。それがまた一子の癪の種だった。

健一はだんだん元気を失ってきた。何かにつけてビクビクするようになった。成績も落ちてきた。小さい時から健一は母の優しい顔、優しい言葉を聞いたことがなかった。かえって父の正の方が優しいのだった。健一は心に空虚なものを抱いた。水泳部に入っていたが、たまにしか練習に行かなくなった。

心の空虚を埋めようと哲学の本を読むようになった。また芥川龍之介や太宰治に心ひかれるようになった。芥川の本を読めば何となく心が安まるのだった。学校でも孤独になっていった。芥川の本を読んでいる友達なんかいなかった。水泳部の仲間は健一を相変わらず友達としてつき合ってくれていた。

しかし、健一はだんだんとふさぎ込むことが多くなり、しばらくたって妙に陽気な気分になるのだった。陽気な気分のときは練習に行った。水泳部の先輩たちは練習をサボったからといって怒ることもなかった。昔は厳しかったらしいが、今はそうでもなくなっていた。

学校では悪い友達もいた。かくれてタバコを吸ったり、シンナーを吸ったり、仲間同士喧嘩したり、ディスコに通うものもあった。健一はそんなものには見向きもしなかった。

しかし孤独感はどうしようもなかった。試合に出るときもなんとなく怖くなってきた。それが鈴木健一のこの頃の状態だった。

山田貞夫は鈴木健一をじっと見つめていた。貞夫自身の母も厳しかったので、健一の心がなんとなくわかるような気がした。健一は貞夫がなにか話しかけるとビクッとするようだった。

〈家庭に問題がある。しかし、家庭のことにまで干渉できんわい〉貞夫は思った。

いろいろ考えた末、健一がやって来たときだけでも普通につき合ってやろう、温かく見守るよりしようがないという結論に達した。

(三)

ある日、貞夫が家にいると村山ゆかりから電話がかかってきた。次の日曜日に映画に行こうというのだった。

「国文の先生が、なにか映画を観て小論文を書けという夏休みの宿題なの。一緒に映画を観に行って代わりに論文を書いて下さらない？　映画代はタダよ。帰りにコーヒーおごるわ」

「そうだな、映画を観ようか。今何かいいのがあるかい」

「『ウエスト・サイド物語』を松竹座でやっているわ。あれ、凄い名作なのよ。二回目の上映よ。前から観たかったの。いいでしょ」

美人から誘われて断るバカはいない。貞夫は次の日曜日を約束した。

山田貞夫が村山ゆかりと知りあったのは、一年くらい前に同級生の岩本英光の紹介によるものであった。そのころ岩本は社交ダンスをやっていて、女子大生をたくさん知っていた。岩本が自分の知っている女子大生のことをいろいろ喋るので、貞夫が冗談に一人ぐらいこちらへ回せよと言ったところ、本当に紹介してくれたのだった。

村山ゆかりは美しかった。それに人を引きつける魅力もあり、また、顔色に何か陰があるような女だった。その陰みたいなものに貞夫はひかれた。不良っぽいところが時々見られた。

〈だが本当に不良なのか〉それはわからない。

〈何か悩みを抱えているのか〉それもわからない。

一度、夜十時頃地下鉄の天王寺駅で坐って電車を待っていると、改札口から階段を降りてくるゆかりに出会った。

「相変わらずボサッとしているのね」彼女は言って、ちょうど入って来た電車に二人で乗った。貞夫の降りる駅は昭和町だった。ゆかりの降りる駅は西田辺だ。昭和町が近づいて来たとき貞夫は言った。

「コーヒーでも奢ってあげたいけれど、今日は一文なしなんだ」

ゆかりはアラッというような顔で、「コーヒーなら私が奢ってあげるわ」と言ったが、昭和町に着いて扉が開いたので、いいよ、いいよ、と言って彼は降りたのだった。彼女は金持ちなのかなと思った。しかし女の子が夜十時頃何故一人で歩いているのか、とも思った。そして、しばらくあとで、断ったことが残念で、いつまでも思い起こされるのだった。
二、三日してデートの日が来た。二人は地下鉄の天王寺駅で待ち合わせして難波へ行った。朝十時開場というのに松竹座の前は人だかりがしていた。こんなにたくさん観に来ている。貞夫は驚いた。そして列の一番後ろに並んで切符を買った。ゆかりは黒っぽいスラックスをはき、上は白のシャツだった。髪はポニーテールにしていた。靴はローヒールだった。
「たくさん観に来てるわね」ゆかりが言った。

「やはり名作なんだなあ」

やがて開場し、人々は映画館の中へ吸い込まれていった。席は満席ではなかった。二人は中程の席に腰掛けた。ベルが鳴り、場内は暗くなった。コマーシャルがひとしきり続き、それから始まった。

その最初の瞬間から貞夫は引き込まれた。音楽と共にフィンガースナップが鳴り響き、画面はニューヨークの上空からウエスト・サイドへ降り立った。青年たちがバスケットボールのような真似をしながら踊っていた。これは不良少年の集団だった。それにしても何とまあ垢抜けしていることよ。

ニューヨークのウエスト・サイドには不良少年団が二つあり、鋭く対立していた。

二つの集団、イタリア系のジェット団とプエルトリコ系のシャーク団が決闘することになり、代表が小屋に集まって交渉をする。公園の広場ではどうだ。一方が提案すると、一方は拒否する。一方が別の所を提案するともう一方はそれを拒否する。最後に高速道路の下の空地にきまってそこで別れる。

空地には金網を張ってあるが、シャーク団はそれを見事にのり越えて中へ入る。ジェット団は向かいの線路の方から飛び降りてくる。やがて喧嘩が始まる。それが踊りになっており、見事なダンスが繰り広げられる。

〈この場面を観ただけでも来た価値はあった〉貞夫は思った。最後にはシャーク団の首領がジェット団の首領を刺し殺し、闘いは終わった。しかし、すべてが終わりではなかった。ジェット団の先輩のトニーが来ていたが、ジェット団の首領を刺し殺したシャーク団の首領をカッとなって刺し殺してしまう。トニーはジェット団であるが、シャーク団の首領の妹と愛し合っていた。彼は愛する恋人の兄を刺し殺してしまったのだ。

画面は殺された二人を残して、全員がサァーッともと来たところから引き上げてしまう。その時、間抜けな警察がサイレンを鳴らしてやってくるのである。シャーク団のチノという男は首領ベルナルドの妹と結婚することになっていた。それで横取りしたような恰好のトニーを捜し求め、見つけると射ち殺してしまうのである。ベルナルドの妹マリアはそこに折り伏した。

画面が明るくなって映画は終わった。快い興奮で酔ったような顔で人々は出て来た。貞夫もゆかりも共に満足して出て来た。

「コーヒーでも飲みましょうか」ゆかりは言った。それで二人は難波の街を散策しながら一軒の喫茶店に入った。

「よかったな」貞夫は言った。

「今まで観たミュージカル映画の中で最高だ」

「ミュージカル映画、よく観るの？」

「観るよ。今までは『野郎共と女たち』が最高と思っていたが訂正だ。『ポーギーとベス』とか『南太平洋』とか『王様と私』などは大型だが好みに合わない。印象に残っているのは『絹の靴下』と『掠奪された七人の花嫁』だ」

「『王様と私』は観たわ。ユル・ブリンナーね。よかったわ」

ゆかりはハンドバッグからタバコを取り出した。貞夫は火をつけてやりながら、

〈ホラ、不良だ〉

「タバコはいつから吸い出したの」

「最近ね。家が面白くないの。父も母も気詰まりでね。クサクサしちゃう。それでついタバコをね。家は金には困ってないの。小遣いも充分くれるしね。でもそれだけが親というものではないと思うの。わがままかしらね。最近、聖書を読み出したの。そこに『父母を救え』と書いてあったわ」

「なるほどね。前に読んだ本に書いてあったよ。自分が他人からひどい目に遭ったからと

いって、それを別の他人に報復するのはいけない。教育というものはそこにあるとね」

「それはわかるわ。私は親にひどい目に遭わされたなんてことではないの。何となく気分の問題ね」

〈聖書を読んでいるとしたら不良というわけでもないか〉

ゆかりに対する印象が違ってきた。神秘的なように見えた陰が消えて普通の女の子に見えてきた。美しい普通の女の子。

二人は一時間ほど喫茶店で話していた。それから別れた。

貞夫は家に帰って、『ウエスト・サイド物語』の印象が薄れないうちに頼まれていた小論文にとりかかった。

「『ウエスト・サイド物語』は楽しいミュージカルである。恋あり暴力ありの筋立てに、これはシェークスピアの『ロオミとジュリエット』から取ったと思われるが、目を見張るような踊りがある。それに感覚が素晴らしい。都会的である。だが、この映画を名作にしたのは、それに社会的な観点をつけ加えたところにある。ニューヨークのスラム街に繰り広げられた若者たちの無意味な闘い。そこにアメリカ社会の抱えた問題、人種問題、貧困問題が表現されている。ただ面白いだけのミュージカルではない。アメリカの社会を描いたとされる『俺たちに明日はない』『イージー・ライダー』『セールスマンの死』にも劣らぬ鋭い眼がある。ただそれを歌と踊りとリズムで観せてくれた」

書き上げると清書して、次の日渡すべく封筒に入れた。次の日練習から帰ってから電話した。そして西田辺の駅で落ち合って封筒を渡した。

「三十分ほどで書いたよ」

「ありがとう。これ取っておいて」彼女はラッキーストライクを二個差し出した。タバコに不自由していたので有難くいただいた。

(四)

練習の休みの日、貞夫は家で経済学の勉強をしていた。二階は二間あり、真ん中に廊下があった。貞夫は勉強部屋の襖を閉めて本を読んでいた。夏の日の昼下がりである。向こう側の部屋には近所の子が集まって麻雀をしている。賑やかだったが、貞夫は別に苦にならなかった。そこへ高校時代のクラスメートの岩本英光がやって来た。大学も同じである。少しやつれた風だった。貞夫は二階へ通した。岩本が貞夫の家を訪ねてくるというのは初めてだった。

「どうしたの?」貞夫は尋ねた。

「精神病院を逃げて来た」

貞夫は吃驚した。岩本が精神病院に入っているとは知らなかった。しかも逃げるなんて……。

「なぜ精神病院へ入ったのよ」

「覚醒剤中毒だそうだ」

「フーン、覚醒剤打つのか」

「誰にも内緒だったんだが……」と英光は言った。

「クラスメートでも覚醒剤打っている奴たくさんいるよ」

「そうかな、それは知らなかった。誰と誰?」

「浅海に千広に、渡部」

みんな誘惑に負けそうな奴ばかりである。

英光には村山ゆかりを紹介してもらったので大切に考えなければならない。

「アホめが」貞夫は舌打ちした。

「そう言うな。精神病院を脱走しても家へ帰れば連れ戻される。友達の家へ行かねばならん」

「それもそうだな。まあ、ゆっくりしていってくれ」

「先生の言うことは常識的なことばかりだ。俺と話しても俺の言うことをよう言い破らん」

「なるほど」岩本は頭がいいからなと思った。

「ところで覚醒剤が要るんだ。俺の家の近所の薬屋は、もう俺に売ってくれない。みんなマークされてしまった。この近所の薬屋で買いたいんだが、どんなものだろう」

「そうか、一緒に買いに行こうか」

「ところが、覚醒剤を買うには医者の証明が要るんだ。用紙の大きさはこのくらいで薬品類購入証明書と書いてある」

「それじゃ、その証明書を貰いに行こう。この近所に知っている医院があるから」

　貞夫の家の近所に眼科の医院があった。プールで泳ぐとよく結膜炎になる。それで眼を洗ってもらいによく行った。先生は女医で美人だった。それに気さくな女性だった。貞夫と英光は一緒に出かけた。小島眼科と書いた曇りガラスの戸を押すと簡単に開いた。待合室には誰もいなかった。

「ごめん下さい」貞夫は声を出した。しばらく待っていたが誰も出てこなかった。貞夫と英光は靴をぬいで上がった。奥に診察室があり、隣の部屋には道具が置いてあった。カウンターみたいな棚の上にいろいろな用紙が置いてあった。

「これと違うんか」貞夫はその一つを指さして英光に言った。

「それだ」

貞夫は一枚を引きちぎると診察室へ入って行った。カルテなどが置いてあるところに認印と朱肉があった。貞夫はそれをとって用紙に押した。そして待合室を通り越して靴をはき始めた。

「どなたですか」その時声がして看護婦と思われる若い女が二階から下りてきた。

「先生はいらっしゃらないのですか」貞夫は言った。

「今日はお出かけになっていますけど」

「それならいいです」

貞夫と英光は靴をはくと扉を押して出ていった。若い女はけげんな顔をして見送った。

結局、証明書の用紙と印を盗んだことになる。

「いろはにほへとちりぬるをわか。こう言えばいい」英光は言った。

「いろはにほへとちりぬるをわか……」

二人は家へ帰ってくると必要なことを証明書に書き込んですぐにまた出かけた。薬屋の中へ二人で入って行き、覚醒剤を一箱買った。薬屋の主人は証明書を手に取ってじっと見つめた。が何も言わなかった。また家へ帰ってくると勉強部屋へ入った。別の間では相変わらず賑やかだった。

「注射器がないと打てないだろう」

「注射器は持っている」

英光はポケットから注射器の入ったステンレスのケースを取り出した。そして手早くアンプルを切り、注射器に吸い取って肩を出した。

「腕はもう固くなっているから肩へ打つんだ」英光はそう言って肩へ針をさし込み、ポンプを押した。

その時「貞ちゃん麻雀をしない？」と近所の子が襖を開けた。貞夫はあわてて立ち上がって英光をかくすように立ちはだかって襖の所へ行った。

「あとでするから、今はお客さんがあるから」

近所の子は襖を閉めた。

「危いところだったな」英光は言った。そして針を引き抜くとケースに納めた。

「どんな気持ちがする？」貞夫は尋ねた。

「精神が昂揚するような感じだ。気持ちがいい。だけどこの頃は日に何本も打たないと利かないようになった。初めの頃はシャキッとして何でも出来るような感じだった。実際、勉強もよく出来た」

「幻覚や幻聴は？」

「今のところない。だが時々誰かが耳もとで何か言っている感じがすることがある。あれが幻聴かもしれないな。病院に入っている時は全然打たなかったから、今日は久しぶりだ。よく利いた」

「だけどやめた方がいいのじゃないか」

「山田は人格者だな。こんな気持ちのいいことをやめる手はない」

それから精神病院の中の話やら、学問の話やら、英光がやっているダンスの話やら、知り合った女の子の話やらをした。

「村山ゆかりはどうしている」英光は貞夫にきいた。

「この間映画を観に行ってきた。美人だなあ。しかし、神秘的なところがあると思っていたが、どこも変わったところのない普通の女の子だ。ちょっと家庭が面白くないらしいけどね」

「まあ、せいぜい可愛がってやってくれ」

もう夕方になっていた。貞夫は、英光にいつまでも俺の家にいるわけにはいかないから病院に戻ることをすすめた。英光もそうしようと言って帰って行った。

貞夫は二、三日たって医者の証明書を盗んだことが気になり出した。盗みに行ったのではない。判をもらいに行ったのだ。それが医者が不在のため結果的に盗むようなこととなったが、本意ではないことだった。

〈先生にあやまりに行こう〉

貞夫は小島眼科へ行った。女医はちょうどお客さんがいなくて診察室で一人書きものをしていた。

「先生」貞夫は声をかけた。

「やあ、山田さん。どうしているの」

貞夫はしばらくの間、小島眼科に行っていなかった。

「悪いことをしました」

「どうしたの」

「友達が覚醒剤打つので、それを買うのに医者の証明書が要るんで先生のところから、先生がいらっしゃらなかったもので、黙って判を押して持っていきました。もうしません」

「まあ！」女医はさすがにびっくりして、しどろもどろになった。

「仕方がないわ。警察から調べに来たら、試験勉強に一生懸命なので眠気をさますために覚醒剤を一箱許可したことにしとく」美しい顔が苦悩にゆがむように見えた。

「もうしません。すみませんでした」貞夫はていねいに頭を下げて診察室を出た。

(五)

八月十日、水泳の全国高校選手権大会が呉市であった。七月の末に大阪で地区予選があり、そこで個人として仁田、右手《うて》、窪井、吉村、松山、鈴木が出場権を得た。

キャプテンの仁田は呉へ旅行する用意で忙しくなった。マネージャーの塚本も、自分は出場権を得なかったが、宿屋や切符の手配に仁田と一緒に走り回った。そんなとき、二年生の窪井がグリーン車で行くと言い出した。

「普通席は椅子が固いから長時間坐っていると身体が固くなる。筋肉が固くなったら試合で実力が出せん。グリーン車で行こう」

仁田は言い返し始めた。

「そんなこと言ったって、普通席とるのも苦労しているんやで。事務員の羽田さんもやってくれているんだ。今更変更出来ない」

窪井も何か言い返した。気まずい空気になったとき、みんなの真ん中にいた貞夫が言った。

「おいみんな、そんなことを言うな。普通席でいい」

ほかの学校も普通車で来る。高校生なら当然のことだ。自分だけグリーン車に坐って楽をして、そのために勝ったとしても後味が悪いだろう。続けてそう言おうとしたが、窪井が頭をかいてひっこんだので言わなかった。

八月九日に選手六人とコーチとして山田貞夫が加わって大阪駅に集まった。貞夫は学生服だった。選手も学生服なので、貞夫が角帽をかぶっていなければちょっと柄の大きい高校生と間違われそうだった。

国鉄の大阪駅で待っていると、選手が次々にボストンバッグに水泳パンツやバスタオルや洗面用具を詰めて集まって来た。貞夫は少し離れた所にいた。鈴木健一は年配の婦人とやって来た。

〈お母さんだな〉

健一と母の一子とは何かボソボソ話してるようだったが、やがて一子は帰って行った。健一は貞夫に言った。

「お母さんが監督さんにタバコをやると言っていたが、僕はそんなことせんでもええと言いました」

貞夫はタバコに不自由していたが、こう言った。

「それでいいよ」

試合は呉に出来たばかりの市営プールで行われた。大阪ではトップにある窪井以下六人も、全国大会ではまるで歯が立たなかった。窪井を除いて五人が予選落ちした。窪井は決勝に残ったが、七着で点がとれなかった。だがみんなは残念と思わず、宿屋へ引き上げようとした。しかし、まだ日が暮れるまでには時間があったので街を散歩しようと言って繁華街を歩いた。繁華街は大阪と変わらなかったが、規模はそんなに大きくなかった。

「コーヒーでも飲もう」

みんなは連れ立って喫茶店へ入ったはずだったが、実際に入ったのは四人だけだった。

「仁田なんかはどうした?」

一緒に入った右手、吉村、鈴木はどうしたんだろうなという顔だった。要領を得なかった。でも子供じゃないんだから宿屋へ戻ってくるだろうと思って、四人でコーヒーを飲んだ。

しばらく話をして宿屋へ戻ったが、三人はまだ戻っていなかった。そこで三人だけでマッサージをし合ってテレビを観た。貞夫は先に眠ってしまっていた。彼等三人が帰ってきたのは九時頃だった。貞夫は二、三日してから、三人が帰ってこないのに心配しなかったのは、責任者として手落ちであったと反省した。

帰りに七人は広島へ寄り道し、原爆記念館へ行った。市街電車に乗り、相生橋で降りた。すぐ前に焼け爛れた原爆ドームが建っており、記念館はその近くにあった。そこには焼け跡の物凄い状況を撮った写真や焼けた瓦などが並べられてあり、同時に爆発したその時勤労奉仕に来ていた男女中学生のボロボロに焼けた遺品もあった。一升瓶がまるで飴のようにクニャリと曲がっているのもあった。また、原爆が破裂した瞬間、立っていた人の影が石段に焼きついた写真も展示されていた。画家・丸木位里、俊夫妻の絵も心をうった。原爆に見舞われた人々が幽鬼のようになって歩く。それは地獄だった。貞夫は『みな殺しとしての近代戦』という本を読んだことがあり、原爆戦争、水爆戦争の物凄さが心に刻みつけられた。

〈もう戦争は出来ない〉貞夫は思った。核兵器はこれからますます進歩するだろう。そして日本は戦争を放棄してしまった。武器を持たずにどうして生き残れるか。日本人は世界中の人々が日本人と同じ考えであると思っている。だが、そんなものではないだろう。戦争を放棄して安楽に暮らせるか。大きな問題がのしかかってくるようだった。

出口のところで人の影が写った瓦を売っており、貞夫は記念に一個買った。七人はこうして大阪へ戻ってきた。

八月二十日から一週間、合宿練習をすることになった。校舎の一角にある教室を合宿所にして合宿練習が始まった。ヘッドコーチとして貞夫、コーチとして歯科大に通っている小坂綾己が加わり、選手は八人だった。ほかに通《かよ》いで男子八人、女子五人がきまった。

スケジュールは西村正夫先輩と貞夫が相談してつくった。蒲団は学校にあるのを使った。合宿費は部費から出し、食事は給食係が出てきてつくってくれ、食堂で食べることになった。

最初の日、朝飯を食べるときに、みんなが食堂で食卓につくと、小坂が感謝して食べましょうと言って食べる前に黙禱することになった。貞夫はあまり四角ばらなくてもと思ったが、その通りにした。起床は七時、朝食は八時、九時から練習が始まる。

午前中はロングを泳いで、昼からは短距離を泳いだ。毎年その通りだった。

「若い時から鍛えなければならぬ」西村先輩はそう言った。

そのほかの先輩たちもよく練習を見に来た。貞夫より一年下で、貞夫よりもずっと速かった、東京の大学の水泳部に籍を置いている藤原も一時大阪へ帰っていて、見に来た。しかし、あまり口出しはしなかった。

鈴木健一は参加しなかった。お母さんが反対で参加出来なかったのである。通いでも来なかった。貞夫は気にかけないことにした。

二日目の朝、ロングが始まった。窪井は申し分なかった。八百メートルを十一分そこそこで泳ぎ、優勝が期待された。主将の仁田はもう一つだった。フォームがもう一つよくない。力のロスが多かった。貞夫はフォームを直してやろうかと思ったが、思いとどまった。ここまで来てフォームを変えることはない、泳ぎ込めばおのずから修正されるであろう。しかし遅かったかもしれない。貞夫は、仁田が主将として最後の学年を有終の美で飾らせてやりたいと思った。

一年生の椋本がぐんぐん伸びてきた。力のロスがなく、掻き手も鋭い。これはいける。貞夫は椋本の成長を喜んだ。これでリレーメンバーが組める。仁田と窪井と椋本と、バックの松山を転用することによって強力なリレーチームを組める。そして、その松山は背泳で優勝が期待されていた。バタフライの吉村も上位入賞が期待出来た。あとブレストに右手がいたが、これがお天気屋で計算が成り立たないのだった。黒人のような黒光りする身体で笑うと歯が白かった。髪の毛は縮れており、性格は自己中心的なところがあった。練習を時々サボッたが、それには必ず言い訳がつくのだった。筋肉も軟らかく硬直しないのでマッサージを嫌がった。仁田と共にただ二人の三年生で、来春は卒業だった。

あとのメンバーは予選を通ってくれればいいといった程度だった。でも軽んじていたわけでなく、それらのメンバーが泳いでいるときは、貞夫は目を光らせて見た。

ロングが終わり、ビーティングに入るまでに少し休憩した。

窪井が何やら本を広げて読んでいたが急に立ち上がり、「この本に掻き手の掌は、小石を掌の間にはさんで落ちない程度すぼめるとよいと書いてある」と言った。そして、そこらへんから小石を探し出してきて掌に入れるとプールへ飛び込んで泳ぎ始めた。しばらくして上がってきて、「よしわかった。あんなものだろう」と言う。

「その本は一体何だ」貞夫が尋ねた。

窪井は本をさし出した。題は『水泳、その方法』と書いてあり、著者は名前の知らない人だった。貞夫はパラパラとめくってみてから、本を返し、「自分で研究するのはいいことだ」と言った。

ビーティングの練習が終わり、八百メートルのミッテルと掻き手の練習も終わり、昼休みとなった。食事を終わってから、二時からの午後の練習が始まる前に、貞夫はコーチの小坂と共にプールへ行った。部員たちは木蔭で寝ころがって休んでいた。太陽は照りつけていた。その日向でキャプテンの仁田が、一年生五、六人を集めて坐らせ、真ん中に立ってこう言っているのが聞こえた。

「ボタン二つに木の葉っぱ、ボタン二つに木の葉っぱ、こうだ、こうだ」と言って腰をくねらせて何か踊っていた。これを見て小坂は言った。

「この間県へ行ったとき、帰りにストリップショウを見てきたそうですよ」

貞夫は、心の中でアッと言った。

へ確かにあの時、三人ばかり帰ってこなかった。ストリップショウを見に行ったのか……。

あいつら呆れた奴らだ。あの時三人帰ってこなかったのに心配しなかったのは、責任者として手落ちだった、と反省したが、どうやらこれで帳消しらしいな。悪いのはあいつらだ。あんな奴らほっといてよかったんだ。警察につかまったら、勝手にしろだ〉

貞夫は心の中で舌打ちした。

〈しかし、それでもやっぱりこっちの責任か〉

午後の練習が始まった。最初は四百メートルを一本泳ぎ、二百メートルを二本泳いだ。ブレスト、バック、バタフライも同じ距離を泳いだ。バックの松山が普段のタイムよりも遅かった。あごが上がり、身体が沈んでスピードが上がらなかった。

貞夫は見ていて、彼が四百メートルを終えて上がってきたとき、「どうかしたのか」ときいた。

「ウタッていたでしょ」彼は答えた。ウタウというのは、バテるとか調子が悪いとかという意味があった。

「どうかしたのか」貞夫は同じことを重ねてきいた。

「なんでもありません。身体がバラバラで力が出ないんです」

「そうか」貞夫はノルマを落とすことを考えた。

「次の二百メートルを二回はスピードのことを考えずに、調子をととのえるだけにしろ」

「そうします」

他の連中は順調だった。二回目のビーティングが終わり、手だけで泳ぐ掻き手の練習も終わり、五十メートルダッシュの練習になった。メンバーを三つのチームに分け、五十メートルを交代で八回泳ぐのである。アメリカで考え出されたインターバル練習法というのが各チームに導入され、だんだん行き渡っていたが、貞夫は批判的だった。

アメリカ人と日本人は違う。日本人の身体はもっとビシビシ泳がなければならない、というのが彼の結論だった。しかし、五十メートルダッシュの時は五十メートル泳いで、次の二チームが泳ぐ間休めるわけだから、インターバル練習法になっている、と思った。

フリーのチームは、各自きまったコースでなく、一着を取った者を次の回には7コースに上げ、次に二着、三着と6コース、5コースで泳がせた。着順は一回ごとに変わり、そのたびにコース順も変わるのだった。窪井が7コースを占めることが多かったが、椋本も時々7コースに上がってきた。窪井は三着になった時、テレ笑いして次の回は、5コースのスタート台にのぼった。

「7コースを取らないと恰好が悪いぞ」貞夫は言った。この方法は貞夫の大学でやっている方法だった。しかし、苗代高校では目新しく、五十メートルダッシュの一回一回にブレストやバックの者が見ていて、タッチの差のときは、あっ、どっちが勝ったのだろう、と言って騒ぐのだった。

「面白いね」誰かが言った。フリーの者はただ機械的に泳ぐのでなく、一回一回が勝負になって競争心が湧くのだ。

五回目か六回目のとき、貞夫は一人除けさしてスタート台にのぼった。マネージャーの塚本がスターターになった。彼はストップウォッチも持っていて計時もするのだった。ヨーイ、ドンで飛び込んだ。二十五メートルを、貞夫はトップで折り返した。そしてそのまま逃げ切った。

塚本が「山田さん、三十二秒や。仁田と窪井と椋本は三十三秒や」と言っている。

「俺に負ける奴があるか」貞夫は言った。

窪井はガッカリした調子で、「山田さん、三十五秒ぐらいと思うとったんや。三十五メートルのあたりで遅れるぞと思ったのになあ」と言った。

そして貞夫は、コーチとしてばかりでなく実力で部員の尊敬をかち得た。

一日の練習が終わった。合宿しているメンバーは合宿所へ引き上げた。通いの者も帰って行った。夕食が済むと自由時間だった。散歩に行く者がおり、蒲団に寝ころがって教科書を広げる者もあった。

窪井はレコードとプレイヤーを持ち込んでおり、レコードをかけた。専らジャズだった。スタンダードの曲ばかりで、貞夫も聴いたことのある曲が出てきた。

「それはグレン・ミラーか」貞夫はきいた。

「そうですよ。『イン・ザ・ムード』ですよ」窪井は手で拍子をとりながら答えた。

「グレン・ミラーの曲はここにたくさんありますよ。『真珠の首飾り』とか『ムーンライト・セレナーデ』とか」

「ふーん、ジャズもいいものだな」

貞夫も、そこにいた二、三人もしばらくグレン・ミラーを聴いていた。

「今度は、デューク・エリントンですよ」

窪井はレコードを換えた。

「それは何だ」

「『A列車で行こう』ですよ」

こうして楽しい時間が過ぎていった。貞夫は経済学の入門書を持ってきていてそれを読んだ。

(六)

三日目になった。メンバーは元気だった。松山も元気を取り戻した。椋本がドンドン力をつけ、仁田を追い越した。バタフライの吉村も好調だった。

〈このままの調子が続けばよいが……〉

三時頃、一人の恰幅のいい紳士が入って来て、黙ってプールの隅に立った。小坂は挨拶した。

「仁田のお父さんだ」小声で彼は言った。

「警察署長をしているよ」

貞夫はチラリとそっちを見ただけで選手に指示を与えた。ちょうど昼からのビーティングが終わり、手の練習を始めたばかりだった。

やがてダッシュが始まった。めまぐるしく飛び込んでは五十メートルを泳ぎ、また飛び込む。メンバーは笑い顔を見せることもなく真剣に取り組んだ。マネージャーの塚本がストップウォッチを持って三十二秒から一秒ごとに笛を吹いた。

「力を抜くな。遅いぞ、もっと頑張れ。サボるな」貞夫は怒鳴った。

「窪井が一番小さいのに一番よく飛んでいるぞ、もっと飛べ。仁田、わかったか」

選手たちは懸命だった。

五十メートルダッシュが八回終わり、ホッとした空気が流れた。

「クーリングダウンまで少し休め」

貞夫は言った。仁田のお父さんはいつのまにかいなくなっていた。

夕陽がいつのまにか傾き、涼しい風が吹いてきた。気温も少し下がったようである。寂しいような夕暮れだった。そんな中を選手たちは二百メートルのクーリングダウンを泳いだ。体操が終わり、三日目が終わった。

夜になった。合宿のメンバーはみんな蒲団に寝ころがったり、本を読んだり、レコードを聴いたりしていた。

仁田が紙箱をとり出し、包装を破りながら、「お父さんが見に来て、激しい練習をやっていると言ってた。これ、差し入れだ。みんなで食べてくれ」と言いながら蓋を取って差し出した。飴だった。たくさんあった。みんなは一個とって口に頬ばった。貞夫も一つとって口に入れた。甘い香りが口に広がった。

「うまい。うまい」誰かが言った。窪井が言い出した。

「こんなもの安いものやで、二百円で五十個入っていたら一個四円や。四円もしないかもしれん。五個くっても二十円だ。安いものだ」

貞夫は調子にのって、余計なことを言ってしまった。

「そうそう、この包み紙一枚五十銭ぐらいでな。この包み紙の模様の線、五銭ぐらいでな……」

みんなはワッと笑った。仁田はきいていて泣き出した。

「折角お父さんが持ってきたのに」と涙をこぼした。

「うまいよ。うまいよ」松山が慰めた。

それでも楽しい気分になって飴は全部なくなった。

「ちょっと散歩に行ってくる」窪井はそう言って出かけてしまった。

四日目も五日目も無事終わった。五日目になると疲れが出てきて動きが鈍くなった。タイムはそう下がらなかったが元気がなくなってきた。貞夫はペースを落とすことを考えたが、ペースを落とすのは合宿練習が済んで、試合までの四日間ペースを落としたらいいと思った。それで五日目もビシビシやった。怒鳴りつけることもあった。メンバーは怒鳴られても気を悪くすることもなく黙々と泳いだ。

五日目が終わって夕食を済ませ、寛いでいた時、プールでガヤガヤと人声がした。いつも聞こえているのだが、その日は特に騒がしかった。窪井が言い出した。

「プールで、近所の奴等が塀をのり越えて泳ぎに来ているんだぞ。それも一人や二人やない、三十人も四十人もおる。あんなことほっといたら水が汚れて仕方がない。病気持った奴も泳いでるかもしれん。いっぺんやっつけてやらなあかん。これから行こうか」

貞夫はしばらく考えていたが、「よし行こう」と言った。窪井はそこで計画をたて始めた。

「山田さんと、小坂さんと、仁田は正面から行こう。僕と右手と吉村と塚本は左側の裏へ回る。松山と栗原と椋本は右側の裏から回る。逃がさんように挟み打ちだ」

「それで行こう」貞夫は言った。そこでみんなは下駄をはいて三方に分かれて出かけた。プールは二方に金網を張り、あと二方は木の塀だった。正面へ回った貞夫と小坂と仁田は、少しゆっくりと歩いた。そのうちに裏へ回った七人がプールにつき、口笛を吹きながら塀をのり越えてプールサイドに立った。

正面の金網のドアは開いていた。三人がそこから入ったときに、二人連れの若者が出て行こうとした。それをつかまえて仁田が言った。

「なんでプールで黙って泳ぐ」

若者の一人が、「泳いで悪いか」と言った。

貞夫は、「なにをっ」と言ってその若者を一発殴った。するとその若者は手をつっぱって殴り返してきた。そこで貞夫はくるりと身を翻すと下駄をぬいで、両手に持って殴りかかった。夢中になり、何べんも殴った。気がついてみると、部員はみんな下駄を持ち二人を袋叩きにしていた。

「やめてくれ！」一方の若者が叫んだ。

「これは僕の友達なんだ。悪かった。あやまる」

そこで殴るのをやめて、貞夫は傲然と突っ立った。二人は出て行った。するとそれまでまだプールにいた三十人ばかりの子供やら青年やらが小さくなって、「すみません」と言いながら全部出て行った。

部員の誰かがさつまいもを持っていて、それを貞夫にさし出した。貞夫はムシャムシャ食べながら、しばらく無言のまま立っていた。合宿所へ帰るともうプールの方から声は聞こえなかった。みんなは安らかに眠りについた。

翌朝、朝食のときみんなは大元気で当たるべからざる勢いだった。貞夫はその傾向を好もしいものに思った。

八月の二十六日で合宿を打ち上げた。それから一日休んで、二十八日から軽い練習をした。三十一日に試合がある。それまで三日間しかなかった。三十日も練習するつもりでいた。三日間は午後から二時間ぐらいで切り上げた。

三十日の午後練習が終わる頃、鈴木健一がやって来た。

「僕も試合に出るんでしょうか」おそるおそるきく。

「試合に出てもらうよ。それには少し身体をならしておかねばならない。これから練習するか」

「します」

そこで貞夫は思案をして、千五百メートル泳がせることにした。

「千五百！」健一は目を丸くしたが、パンツ姿になってたった一人プールに飛び込んだ。

貞夫がコールした。身体が沈み、スピードが上がらなかった。

〈これは点を取るのは無理だな。でも試合に出るだけは出してやろう〉

健一は頑張って千五百メートルを泳いだ。

「よし、これでいい。明日試合に出て来るんだな」

「来ます」

「みんなと一緒に帰れ」

こう言って貞夫は健一を送り出した。

(七)

いよいよ試合の当日になった。大阪府高校選手権は八月三十一日の午前九時から島野高校のプールで始まるので、苗代高校のチームは八時に京阪電鉄茨木駅に集合した。島野高校は歩いて十分ほどの所にあり、着くと教室を転用した控室で服を脱ぎ、パンツ姿になってプールでウォーミングアップを始めた。試合には七校参加しているということだった。既に着いていてウォーミングアップをしている学校があり、五十メートルプールは狭いほどだった。やがて開会式が始まり、関西水泳連盟の会長が挨拶をした。

この会長は戦前のロサンゼルスオリンピックの千五百メートル自由形で金メダルを取っ

た人だった。中年になり太って、なかなかの貫禄だった。関西地方ではこの人の睨みがきいていた。

開会式は間もなく終わり、競技が始まった。プログラムでは二百メートルリレーが最初であるが、チームは七つなので決勝だけ行われる。それでバック百メートルから予選が始まった。各種目二名エントリーするから七チームで十四名、予選はA、B二組だ。

いつもムッツリ黙っている松山はA組で一着となり、帰ってきた。おとなしい一年生の佐久間はB組で五着となり、予選落ちした。頑張ったので自己最高を出したが、もうひといき伸びねばならなかった。

次は四百メートル自由形である。頑張屋の椋本はA組で二着となった。タイム六分を少し割ったところである。A組の一着は島野高校の選手である。椋本は十メートルほど離されたが、貞夫は、「決勝では、あいつについていけ」と指示を与えた。

B組では窪井は問題なかった。五分三十秒で悠々と一着になった。恐らく窪井の敵はどこにもいないだろう。

バタフライ百メートルでは、吉村は一分十秒を出した。それも一着だった。一年生の寺崎は四着となった。予選では四着までが決勝に出られる。あわよくば点を取れるかもしれない。

次の種目は八百メートル自由形だった。窪井と椋本はまた出場した。貞夫はプールの本部席の反対側に陣取り、ターンのたびに激励をおくった。

近くで他校のコーチ同士が話しているのが聞こえた。

「今年はどこが強いんだろう」

「さあ、わからない。混戦状態とちがうか」

貞夫は心の中で言った。

〈今年はわれわれがいただく〉

八百メートルも大丈夫だった。窪井は断トツでプールから上がってきた。B組では、椋本は島野と他一校に抜かれ三着となった。

次の百メートル自由形予選では、キャプテンの仁田は四着になった。鈴木健一もB組で四着だった。共に決勝へ進んだが、前途は多難と言えた。

二百メートルブレストでは、お天気屋の右手は二着となった。一年生の大野は四着だった。右手は泳いでいるとき、頑張っているかどうかわからない。貞夫は、決勝ではもう少し上位へ食い込んでほしいと思った。以上で予選が終わった。昼休みの休憩となり、選手や役員や観客は弁当を食べた。

選手の控室では弁当を食べ終わると、二人ずつ組になり、柔軟体操とマッサージをやった。軟膏を筋肉の痛みがあるところへ擦り込んだ。右手はマッサージをいやがった。彼の筋肉はどこも固くなったところがなく、しなやかで弾力性があった。それで貞夫は無理に勧めなかった。他校の選手も同じことをやっていたが、注射器を取り出し、ビタミン剤を腕の筋肉へ注射している高校もあった。それにしても静かな雰囲気で、嵐の前の静けさとはこういうことを指すのだろう。椋本が緊張し、コチコチになっているのがわかった。もうじき二百メートルリレーがある。あんなに固くなっては力が出ない。

「椋本、来い」貞夫は呼んだ。

「ちょっと、散歩に行こう」

椋本は黙ってついてきた。ゆっくり、ゆっくりブラブラ歩きのように運動場を一周し出した。

「大丈夫だからな。普段の力を出しさえすればよい」

ちょっとの間止まり、しばらく遠くに見える山を眺めた。そしてまた歩き出した。昔の人の言う〝気〟がだんだん軟らかくなって緊張がほどけていくのがわかった。

「いい天気だな」空を見上げて貞夫が呟く。

「そうですね」椋本は初めて口をきいた。

「パンツが少しキツいことないか」

「いや、これで充分です」

「そうか」

そこで貞夫は少し歩を早めて、二人で控室へ帰ってきた。緊張がほぐれたようだ。

まもなく決勝が始まった。午後の決勝では最初に二百メートルリレーがあった。この成績いかんではこの試合を左右する大きな意味がある。苗代高校は追い込み作戦をとった。

選手たちは二手に分かれて登場した。二人はスタート台前に、他の二人は反対側の方へ。ピストルが鳴った。第一泳者仁田は快調に飛ばしたが三着で第二泳者松山に引き継いだ。松山はバックを泳いでいる時と同じような胸を張った泳ぎで一人抜いた。椋本に引き継いだときは二着だった。椋本は途中計時三十二秒を出したにもかかわらず三着だった。アンカーの窪井が飛び込んだ。一位とは約三メートル、二位とは約二メートルの差があった。窪井はムチャクチャに腕を回転させた。あと五十メートルしかない。百七十五メートルを過ぎたところで二位の選手をつかまえた。そして抜き去った。一位まであと身体半分ほどである。満場が沸いた。そして頭を並べてゴールインした。「何着だ」見ていた人たちは口々に言った。が結局はタッチの差で二着だった。一着は島野高で二分十三秒だった。苗代高校は〇秒二の差だった。

〈少し残念〉しかし勝負はこれからだ。

貞夫はレースを見ながら八百メートルリレーの予想をめぐらした。島野高のアンカーは窪井より弱いようだ。後半に強い窪井はなんとかしてくれるだろう。松山も椋本も大丈夫だ。仁田はどうかな。仁田は椋本の台頭もあって短距離に回っているが、後半は弱くない。なんとかいけるだろう。二百メートルリレーが終わって選手たちは悪びれることのない様子で上がってきた。その方がよい。変にこだわってはいけない。

百メートル背泳が始まった。今泳いだばかりの松山がまた水の中に入った。4コースである。

ピーと笛が鳴り、選手たちはプールの壁にある把手をつかまえて身体を丸くした。ピストルの音で飛び出した。松山は例の胸を張った泳ぎ方で頭をねさせて泳いだ。もう少し頭を立てて泳いだ方がよいかもしれない。五十メートルターンの時は一位だったが、途中で抜かれ、北摂高校が一着となった。

次の四百メートル自由形では、窪井は終始トップを取っていた。二位の島野高には五メートルくらい差があった。椋本は貞夫の指示もあり、島野高の選手についていったが途中で力が尽き、城南大附属高校と市立工業高校にも抜かれ五着で入ってきた。タイムは五分五十五秒で、浮いた割にはそんなに悪くないタイムだ。来年に期待がもてる。

百メートルバタフライでは、温厚な吉村が二着で寺崎が七着だった。吉村はおだやかな性質で口数も少なく、黙々と泳ぐ方だった。一分十二秒では精一杯のところだろう。

この種目で島野高は一着となって七点取り、合計二十一点になった。苗代高は二十四点で僅かに島野高をしのいでいた。

八百メートル自由形では窪井と椋本が再び出場した。

ピストルが鳴った。八人の選手は一斉に飛び込む。城南大附属高の泳者がムチャクチャに飛ばして百メートルではラップを取った。窪井と島野の選手がそれに続く。二百メートルでも四百メートルでもその順位は変わらなかった。城南附高の応援席では騒ぎ立った。だが、六百メートルあたりになって、窪井はジリジリと差をつめ出した。七百メートルのターンではついに追い抜いた。島野高とは十メートルほどの差があったが、その島野高も七百五十メートルのターンでは城南附高を抜いた。七百五十メートルのターンでは、貞夫は窪井に、「ブラインド・ケア」と怒鳴った。窪井は右側で呼吸するが、島野高の選手は左側のコースを泳いでいる。それで相手が見えないことになるのだった。だが差は十メートルくらいあるので大丈夫だった。二着は島野高、三着は城南附高、四着は桃谷高で、椋本はその次の五着となった。六着の市立工高と競り合った末である。ここで苗代高は九点取った。合計三十三点となり、島野高は二十六点で七点差がついた。

しかし油断は禁物である。島野高には百メートル自由形にエースがいるのに反し、仁田が何着に入るかどうか問題だった。鈴木は決勝に残っただけでも満足しなければなるまい。

百メートル自由形決勝が始まった。初めは横一線である。城南附高の選手がまた初めから飛ばした。五十メートルのターンでは二位の島野高に二メートルくらいの差をつけた。七十五メートルまでそのままだった。それから城南附高が遅れ始め、島野高がそれを抜いた。七十五メートルのあたりでは仁田は五番目であった。プールサイドでは苗代高の応援団がニッタ、ニッタと叫ぶ。しかし西高に抜かれ、桃谷高とはタッチの差で七着となった。鈴木は八着だった。これでこの種目では苗代高に点が入らなかったのに反し、島野高は七点取って苗代高の合計点と同じになった。

仁田は口惜しさをこらえきれないような顔をしてプールから上がってきた。

「よし、よし」貞夫は迎えた。

「仕方がないよ」

苗代高と島野高との優勝争いはこれからだった。しかし貞夫には勝算があった。島野高は残る個人種目の二百メートルブレストでは誰も決勝に残っていないのに反し、苗代高は右手が決勝に残っていた。もし八百メートルリレーで島野高に負けて二点差となっても、その分二百メートルブレストで三点取ってくれればいい。右手が四着以内に入ってくれればいい。予選のタイムを考えてみると、その公算が大であった。

その二百メートルブレストが始まった。市立工高の選手がトップに立った。次に北摂、苗代、桃谷と続く。右手は何かしんどそうである。貞夫は見守った。百五十メートルで桃谷と並んだ。場内は騒がしくなった。その中をブレストの選手たちは次々にゴールインした。右手は桃谷高に抜かれて、結局四着になった。だがそれでいい。

貞夫は最後の種目、八百メートルリレーまでの休憩の間に選手控室へ行った。

「右手が四着で三点取ったから、我々は優勝出来る。八百メートルリレーでは全力でぶつかるように」

いよいよ八百メートルリレーだった。各チーム四人ずつ選手がスタート台の前へ集まった。場内はいろいろ声援が飛ぶ。号砲と共に七チームが飛び出す。城南附高は逃げ込み作戦に出たらしく、八百メートル自由形で初めから飛ばして四百メートルまでリードした選手がまた飛ばす。苗代、島野、北摂もそれに続いた。だが仁田は百五十メートルになって遅れ出した。そして市立高にも抜かれて五着で入ってきた。トップとは十メートルほどの差がついた。だが二番泳者松山は二人抜き返し、三着になって入ってきた。椋木が飛び込む。彼は快調に飛ばし、城南附高を抜いて二位で窪井にバトンタッチした。一位の島野高とは五メートルくらいの差があった。

〈これならいける。窪井がなんとかしてくれるだろう〉と貞夫は考えた。

その通りだった。窪井は七百五十メートルで追いつき、あとはお互いに顔を見合っての根性の出し合いのような争いになった。あと二十五メートルというところで島野高の選手は力尽き、遅れた。窪井はゆうゆう一位でゴールインした。タイムは十分四十八秒だった。

ワーッと歓声が上がり、苗代高に凱歌が上がった。応援団はピョンピョンはね回った。貞夫は笑いながら、ごくろうさんとねぎらった。しばらく昂奮が続いた。そしてだんだんと落ち着いた。見に来ていた体育の篠田先生と、物理学を教え、水泳部の監督である小山先生が近寄ってきて貞夫と握手した。

「よくやった。よくやった」二人の先生は心から喜んでいるようだった。先輩たちも集まってきた。貞夫は祝福を受けながらプールサイドに長いこと立っていた。

表彰式と閉会式が終わり、各校とも帰り支度を始めた。主将の仁田はリレーで点を取った以外は、他の個人種目で点が取れなかった。

〈それが残念だな〉貞夫は考えた。しかし、主将としてはよくやった。統率力もあり、朗らかであり、頭も悪くなかった。

〈この試合は、彼だけでなくチームの全員にも誇らしい記憶となるだろう。それだけでなく、これから乗り出す人生の大きな自信と支えとなるだろう。そして私自身にも〉と貞夫は思った。

ワンスモアマシン

(一)

雲がところどころ浮いていた。快晴といってもいいだろう。天気予報では午後から雨が降ると言っていたが、午前中はそんなことはなかった。広々とした競馬場はくっきりと見渡され、周回コースの中にある池では噴水が勢いよく噴き出していた。沼田正夫はスタンドの中へ入って少し高いところに空席を見つけるとそこへ坐った。

スタンドはほぼ満員だった。馬場に近い、座席のないところでは、人々は歩き回ったり、スポーツ新聞を敷いて腰を下したりしていた。ハズレ馬券やスポーツ新聞がそこらに散ばっていた。二、三人連れの人が多いようだった。カップルも多かった。女ばかりの連れは二、三見かけた。京都競馬場二日目の第5レースが始まろうとしており、馬券売場は締切り二分前だった。

第5レースの馬券の購入はもう間に合わないなと思い、そのままスタンドに坐っていた。競馬場を見渡すと、広々としたレース場は何か憂《う》さを晴らすようなノビノビとした気持ちにさせた。そして毎日の仕事を忘れた。周囲に坐っている青年のグループが何か喋り合っている。

ファンファーレが鳴った。七頭の馬がゲートに入った。ゲートが開く。各馬一斉に飛び出した。沼田はぼんやりとレースを見た。第5レースが終わった。彼はスポーツ新聞を取り出し、第6レースの検討を始めた。今日の全レースは、朝、家を出るまでに考えてある。今はスポーツ新聞で確認するだけだ。

前回から競馬の投票の仕組みが変わって、馬番連勝式の投票が始まっていた。賭けるのは枠番ではなくて、馬番の一着二着を賭けるのである。彼も競馬場に来たとき、構内で職員が馬番連勝式の投票の仕方を説明しているのを聞いた。馬番連勝式ではマーク式の投票カードに記入しそれを売場へ出すようになっていた。

一度馬番連勝をやってみるか。彼は馬券売場へ向かった。大勢の人が発売場に並んでいる。所々に机が置いてあり、マーク式の投票カードが山積みにされていた。

彼は一枚取ると6―11という番号に印をつけ、千円札と一緒に売場に差し出した。馬券はすぐに出てきた。コースの向こう側にあるターフビジョンが第6レースのオッズを映し出している。6―11の馬番のオッズは二千百四十円だった。当たれば大きいな、と思った。だが、こういう穴狙いのものは彼の好みに合わない。まあ捨てたと思ってちょうどよいのではなかろうか。

ゲートがオープンした。千二百メートルのダートコースは第二コーナーからスタートである。スタートと同時に場内放送が聞こえ出した。

「ホーセイダイヤが行きます。それに半馬身遅れてサチノステップが続きます。向こう正面ではマジックショールが出ました。二番手にはサチノステップ。ツルマルトシミーが第二集団の中にいます。外側からそのツルマルトシミーが上がって来ました。ホーセイダイヤがまだトップです。第三コーナーにかかりました。ギャロップホーラーが来ました。ホーセイダイヤは三番手に落ちました。ツルマルトシミーが先頭。ギャロップホーラーがホーセイダイヤと並んでいます。サチノステップは大分遅れました。セーヌリバー、ベンリーフォー、ハッピイライフが三番手争いです」

その時ワァーッという歓声が上がった。放送はそのため聞こえなくなった。直線コースでギャロップホーラーが追い上げた。それイケイケ、それっ。観衆は沸いた。その大歓声の中をギャロップホーラー、ツルマルトシミー、セーヌリバーが駆け抜けた。馬の鞍に書いてある7と12が印象的だった。

掲示板に審議のランプがついた。アナウンスが始まった。

「第三コーナーのところでレッドモンスーンの進路が狭くなりましたので違反がなかったかどうか審議致します。どうぞ馬券は破り捨てないでそのままお持ち下さい」

「6—8でかわらないよ」スタンドの後ろの方で若い男が喋っていた。

「払い戻しに関係ないわね」そばにいた女が相槌を打つ。観衆は静かになった。再び審議中ですのアナウンスがあった。

〈これは逃した〉沼田は考えた。馬番で6—11を買ったが、適中は7—12である。一番ずつずれた。まあいいか。再びアナウンスがあり、「審議の結果、掲示通り確定です」と言った。溜息が起こった。

ターフビジョンでは確定配当の数字が出始めた。同時にアナウンスが始まった。

「単勝7番五百六十円、複勝一着7番百八十円、二着12番二百十円、三着1番百九十円。枠番連勝6—8七百五十円、馬番連勝7—12二千二百六十円」

馬番連勝配当二千二百六十円が放送された時、アーッと溜息とも歓声ともつかぬ声が上がった。

第7レースは、彼は休むことにした。彼の後ろに坐っている青年のグループは、

「今日はこれで二勝三敗だ」

「俺は一勝四敗だ」

「競馬は儲けようとすれば儲からない。遊びだと思わねば。それで損をしても遊ばしてもらったと思わねば……」

などと話していた。

第7レースはワンダーアティナの一着と、メイショウレグナムの二着で終わった。ターフビジョンに、「東京競馬は雨が降り出しました。馬場は稍重《ややおも》です」と。そして東京競馬第11レース毎日王冠の成績を映し出した。

彼は立ち上がって第8レースの馬券を買いに行った。朝調べたところでは、第8レースは二着になりそうな馬が見つからず連勝馬券は買いにくかった。そこで、新聞では各評論家が推している本命のロングジャッキーを単勝で買うことにした。

単勝複勝は彼の得意な馬券の買い方である。五千円買った。そしてスタンドへ戻ると中段の席に腰かけた。ロングジャッキーに騎乗するのは武豊である。これで間違いなし。

やがて発走となった。ゲートが開くと二千メートルの芝生での戦いになる。ロングジャッキーは、第一コーナーでは四番手につけていた。向こう正面ではまだ速度を上げていなかった。一番手、二番手、三番手の馬は一団となって競り合っている。第三コーナーを回るところでは、ロングジャッキーは三番手だった。ところが第四コーナーを回るところでは鼻の差で一番手になり、スピードを上げた。二番手、三番手、四番手の馬がロングジャッキーをはさむようにして走った。しかしそこまでだった。直線に入ると、ロングジャッキーはグングン他の馬を引きはなし、三馬身の差で一着になった。

「2番は間違いないところやな」誰かが言った。その通りになった。単勝のオッズは百八十円だった。

〈一勝一敗か〉

彼は第9レース保津峡特別千六百メートルの検討を始めた。第9レースは3番のマーサズヒーローと6番のレッドビエントが、前走から考えて成績がいい。新聞ではそのほかに2番のエイシンキャロルと4番のエリモフェローにも印がついていたが、買うなら3―6だ。それに2―6か4―6だ。だがエイシンキャロルは前走がよくない。七着と八着と四着だ。これははずそうか。エリモフェローも前走がよくない。十三着、九着、三着だ。やっぱり3―6だな。

彼は学生時代水泳をやっていたのでレースには一つの信念があった。それは強いものが勝つということである。普段強いものは試合にも強い。普段遅くて試合で勝ちをおさめるものは滅多にない。競馬でも同じことだった。普段強いかどうかは前走を見ればわかる。彼は本命党のように見えるが必ずしもそうではなかった。前走から判断するので、印があるかないかは参考程度におさえる。

観客席は人が行ったり来たりしていた。馬券を買いに行く人や買ってきた人たちである。彼は立ち上がって馬券を買いに行った。売場は満員だった。行列の後ろに並んだが掲示は締切り二分前を示していた。これは買うことが出来ない。彼はあきらめて座席へ戻った。

ファンファーレが鳴ってゲートが開いた。一団となって飛ばす。向こう正面でエリモフェローがトップだった。レッドビエントはどこにいるのか。しかし第三コーナーを回って第四コーナーではレッドビエントがトップに立った。それを挟んでマーサズヒーローとエイシンキャロルが競り合う。エリモフェローとニシノサムタイムもぴったりとくっついていた。興奮が高まる。ゴール前では叩き合いになった。そしてレッドビエントは半馬身の差でゴール。マーサズヒーローとエイシンキャロルは並んでゴールを駆け抜けた。

「どっちだ。2番か3番か」興奮が続く。ターフビジョンは一着レッドビエント、四着ニシノサムタイム、五着エリモフェローを映し出した。二着と三着はあいたままだった。そのままの状態でターフビジョンがリプレイを映し出した。レッドビエントは文句なく一着である。リプレイはスローモーションになった。ゴールまで二頭の馬が並んでいた。しかし間違いなくマーサズヒーローは一センチほど先んじていた。

　確定の表示が出たとき歓声が上がった。

「やっぱり3―6だった。これは取ったぞ」別の声が聞こえてきた。沼田は舌打ちしたくなった。沼田も3―6だと思ったのである。しかし馬券は買えなかった。配当は三百九十円だった。

〈儲けそこなった〉しかしこんなことはよくある。

〈今日はついていないのかな〉しかし、そんなはずはない。まだ気分が充実しているし、考える力もある。もう二、三レースやってみよう。

　次は第10レース太秦ステークス千八百メートル、ダートコースである。彼は検討した。結果4―8、6―8、5―6と三点買いした。新聞では各馬マークが散らばっていてつかみどころがない。彼がマークした4番ハクバブリッジは無印だ。だが今まで無印でも当ててきた。オッズも高いだろう。これに賭ける。彼は腰を上げると馬券を買いに行った。五千円ずつ一万五千円買った。

　しかし、第10レースは見込みはずれでナナヨオリオンが一着、マネーキャプテンが二着だった。彼はターフビジョンがリプレイするのを見ながら第11レースを考えた。

第11レースは京都大賞典で天皇賞の前哨戦である。今日のレースのメインである。評判のメジロマックイーンが武豊を乗せて走る。当然一着であろう。新聞を見ても評論家の全員が本命にあげていた。メジロマックイーンを単勝で買う手はあろう。しかしオッズが低い。小穴党の彼としては配当八百円以上は取りたい。そこで枠番連勝になる。彼は前走の成績表を見ていたが、第11レースの馬はみんな成績がいい。そこでメジロマックイーンとダイユウサク、メジロマックイーンとメイショウビトリア、メジロマックイーンとメジロパーマーの三点買いをした。全部で一万五千円である。しかし彼は考えた。一つ当たっても赤字になる可能性がある、と。

馬券を買って席へ戻った。やがてファンファーレが轟き、七頭の馬がゲートに入った。そして開いた。メジロパーマーが先手を取った。ずっと向こう正面までリードした。そして第三コーナーではメジロパーマー、ダイユウサク、ミスターシクレノンがメジロマックイーンと並走した。しかしそれまでだった。直線へ入るとメジロマックイーンが抜け出し、メイショウビトリアが続いた。ゴールでは三馬身の差で一着だった。メイショウビトリアは二着になった。場内は興奮して沸いた。

「やっぱりメジロマックイーンだな」

「ダイユウサクが五着に来るなんて」

それぞれ思ったことを喋っている。興奮は収まりそうになかった。

彼はターフビジョンを眺めた。着順と共に配当が出た。枠番連勝は二百八十円だった。一万五千円買って一万四千円の払い戻し。最初に考えたとおり千円の赤字だった。

空が曇ってきた。予報では昼から四十パーセントの確率で雨が降るといっていた。彼は疲れた。考える力がなくなっているのを感じた。第12レースは考えても考え切れないだろう。しばらく雲の動きを見ていたのち、彼は今日は帰ろうときめた。本日の決算は三万六千円注ぎこんで二万三千円の払い戻し、結果は一万三千円の負けとなった。

彼は当たり馬券を二枚、払い戻し機につっこみ二万三千円の配当金を受けとって場外に出た。帰る人も多かった。それらを見ながら彼は淀駅へ急いだ。何となく不愉快な塊が心の奥底にある。彼にはわかっていた。負けたからだ。そして負けたレースを思い出しながら電車に乗った。京橋駅までずーっとそうだった。電車が京橋駅へ着いた。

雨が降り出した。彼はいつものように喫茶店で少し休むことにした。今日はムシャクシャする。彼は駅前のいつもの店に入らずに横道へ入って行った。大分離れた所、人の目につかぬような場所に喫茶店が一軒あった。「オアシス」と書いてあった。入ってみると、かなりのスペースがあり薄暗かった。緑色のくすんだようなソファーが並べてあった。普通の喫茶店の椅子ではない。坐るとゆったりとして寛《くつろ》げた。薄暗い中で天井から吊り下げた灯《あかり》があった。キッチンは奥の方にあるらしく彼の所からは見えなかった。彼が見たのはキッチンの横に奥に通ずる廊下があり、それを遮るようにして下がっているカーテンだけであった。

彼は窓際の椅子に腰かけた。ウエイターがやって来てコップの水を置くと注文をきいた。彼はホットコーヒーを頼んだ。そして今日のレースをいろいろ思い出しながら、タバコを吸った。

彼は競馬用の金銭出納簿をつくっていて念入りに書き込んでいた。十年前、即ち彼が競馬を始めた時からの出納簿である。途中で金銭の出入りがややこしくなったことがあったが、トータルして見れば五十万円の黒字である。しかし、今日はそうではなかった。一万円なら麻雀で負けることもあるが、今は重い鉛をのみ込んだようだった。彼は一服吸い、運ばれてきたコーヒーを一口啜《すす》った。そして天井を見上げるとフーッと溜息をついた。客は向こうの方に二人いるだけである。窓の外には雨が降っている。

その時、奥の方から一人の男がやって来て彼に話しかけた。色の黒い見栄えのしない貧相な男である。ドブ鼠色の背広を着ていた。

「ちょっとお話してよろしいですか」男は言った。

「いいですよ」沼田は答えた。男は彼の向かい側に坐ると身体を乗り出して喋った。

「何か悩みをお持ちのようですな」

「そう見えますかな」

「いや、それはどっちでもよろしい。どうですか、テレビを一つお持ちになりませんかな」

「テレビなら持っています」

「ご尤もです。だが、私のいうテレビは普通のテレビではありません。昔へ帰ることが出来るテレビです。昔といっても三十時間以内だけですが。つまり人生をやり直すことが出来る機械ですよ。私どもはワンスモアマシンと名付けました。ワンスモア、つまりもう一度、マシン、機械、もう一度機械です。なにかまちがったことをしてしまったなと思った時、このテレビにかかれば三十時間前に戻ることが出来ます。そうすればやり直しが出来て、失敗を成功に持っていくことが出来ます。御不審であれば、奥にその見本がありますから、やってみませんか」

沼田は何か胡散臭《うさんくさ》いような気がした。

「そんなテレビ、発明されたという情報を聞いたことがありません」

「ご尤もです」その色の黒い貧相な感じの男は頷いて、

「実は、私は現代の世の人間ではありません。今から三百年後の人間なのです。我々の時代にワンスモアマシンが出来て、それを広めるために今の時代にやって来ました。これはすべての人々にとって福音です。害を及ぼそうとしているのではなくて、人々に幸福を与えるためのものです」

沼田は黙って聞いていた。いろいろな想念が浮かんできた。

〈インチキじゃないかな〉

だがしかし、心の奥底でやってみろという声があった。

「こちらにあるんです。ちょっといらっしゃい」

男は立ち上がって奥の方を指さした。沼田は何となく立ち上がってその男について行った。キッチンの前の廊下の奥にあるカーテンをくぐって次の部屋に来た。その部屋はほんの二畳ばかりの部屋だったが、隅に台に載ったテレビが置かれていた。男はテレビの前の椅子に沼田を腰掛けさせた。

「このテレビですか」

「そうです」

「買うんですか、借りるんですか」

「買っていただくことになります」

「いくらで」

「百八万円です。値引きしたりはしません。これがギリギリの値段です。でも、これが齎《もたら》す利益を考えればタダみたいなものですよ」

「ふうん」

「それでは始めますよ」男はテレビについているボタンをいろいろ操作した。六時間前になった。

(二)

雲がところどころ浮いていた。快晴である。広々としたレース場はくっきりと見渡され、周回コースの中にある池では噴水が勢いよく噴き出していた。沼田正夫はスタンドの中へ入って行って、少し高いところに空席を見つけるとそこへ坐った。第5レースが始まろうとしていた。馬券売場は締切り二分前なので馬券の購入には間に合わない。第5レースが始まった。彼はぼんやりとしていた。第5レースが終わった。どよめきの残っている中を、彼は第6レースを買いに行った。馬番連勝で7―12を五千円買った。そして戻ると、ゆったりとあたりを眺めた。

スタンドや座席のないところでは人々が行ったり来たりしていた。ターフビジョンは第6レースのオッズを映し出していた。

ファンファーレが鳴った。十二頭の馬は一斉にゲートインした。ゲートが開いた。スタートと同時に場内放送が聞こえた。

「ホーセイダイヤが行きます。それに半馬身遅れてサチノステップが続きます。向こう正面ではマジックショールが出ました。二番手にはサチノステップ。ツルマルトシミーが上がって来ました。ホーセイダイヤが先頭です。第三コーナーにかかりました。ギャロップホーラーが来ました。ホーセイダイヤは二番手です。ツルマルトシミーが先頭を奪いました。ギャロップホーラーがホーセイダイヤと並んでいます。サチノステップは大分遅れました。セーヌリバー、ベンリーフォー、ハッピイライフが三番手争いです」

その時、ワーッという歓声が上がった。直線コースでギャロップホーラーが追い上げた。観衆は沸いた。その大歓声の中を、ギャロップホーラー、ツルマルトシミー、セーヌリバーが駆け抜けた。馬の鞍に書いてある7と12が印象的だった。掲示板に審議のランプがついた。アナウンスが始まった。

「第三コーナーのところでレッドモンスーンの進路が狭くなりましたので違反がないかどうか審議致します。どうぞ馬券は破り捨てないでそのままお持ち下さい」

「6―8でかわらないよ」スタンドの後ろの方で若い男が喋った。

「払い戻しには関係ないわね」そばにいた女が相槌を打つ。観衆は静かになった。

再びアナウンスがあり、「審議の結果提示通り確定です」と言った。

溜息が起こった。

ターフビジョンでは確定配当の数字が出はじめた。

「単勝7番五百六十円、複勝一着7番百八十円、二着12番二百十円、三着1番百九十円、枠番連勝6―8七百五十円、馬番連勝7―12二千二百六十円」

馬番連勝の配当二千二百六十円が放送された時、アーッと溜息とも歓声ともつかぬ声が上がった。

沼田はこみ上げてくる笑いを抑えることが出来なかった。彼はニコニコ笑いながら満足とも何ともつかぬ気持を味わった。

そのうちに第7レースが始まった。ワンダーアティナの一着とメイショウレグナムの二着だった。

彼は第8レースの馬券を買いに行った。馬番連勝2―6、ロングジャッキーとミリオンスクープである。これに一万円払った。

やがて発走となった。二千メートルの芝コースである。彼はロングジャッキーが第三コーナーで三番手につけ、直線でぐんぐん他の馬をひきはなして走るのを落ち着いた表情で見た。2着はロングジャッキーに三馬身の差でゴールに入った。ミリオンスクープである。2―6、馬番連勝千五百四十円の配当、第6レースでは十万八千円の儲け、第8レースでは十四万四千円の儲けである。合計二十五万二千円の儲け。彼は全身をかけめぐる幸福感に浸った。第9レースも、第10レースも、第11レースもどうでもよかった。その三レースは彼は買わないで見るだけにした。そして帰ることにした。

払い戻し機に当たり馬券をつっこみ、二十六万七千円を受けとるとポケットに入れて淀駅に向かった。

京橋駅まで、彼は自分の体が自分のものと思えないような昂揚感にとらわれていた。電車が京橋駅に着いた。雨が降り出した。彼は迷わず横道に入って行って少し離れた所にある喫茶店「オアシス」に入って行った。薄暗い室内で二人の客がコーヒーを飲んでいた。彼は窓際のシートに腰を下ろすと、やって来たウエイターにコーヒーを注文した。それからゆっくりタバコを吸い、目を奥のカーテンに向けた。

奥のカーテンはしまったままだった。彼はウエイターが持って来たコーヒーを飲み、なおもカーテンの方を見続けた。コーヒーがなくなってしまうと、彼は立ち上がり、奥の方へ向かった。カーテンをあけると、例の色の黒い貧相な男が椅子に坐っていた。机の上にはテレビがあった。男は立ち上がり、彼を見てニヤッと笑った。

「こんにちは」沼田が言った。

「テレビ買いましょう」男が何も言わない間に沼田は単刀直入に言った。

「おわかりになりましたか」そして男が椅子をすすめると、沼田は今男が坐っていた椅子に坐った。

「百八万円でしたね。今は持っていないけれど明日持って来ます」

「いいですよ。テレビを届けるのはそれからになります。特殊なテレビですから、私の方から据付けにまいります」

「便利ないいものですなあ」沼田は感心したように言った。

「しかし、これが広まってくると、世の中が混乱して、ややこしいことになりませんか」

「そういうことはないです。我々のところで実験して検証済みです」

「ところで百八万円はどこから出た数字ですか。このものの機能からすれば安いものだと思いますが」

「百八というのは仏教からきたものです。ホレ、大晦日の日にお坊さんがお寺の鐘を百八撞くでしょう。仏教では煩悩は百八あるといわれてます。それを一つずつ滅ぼしていくから百八撞く。あれですよ。百八万円出すことによって、あなたの煩悩がなくなるのです。もちろん機械ですから製造原価はあります。しかしこれで充分儲かっています」

「それはそうでしょうな」沼田と男はしばらく雑談した。そして二人は別れた。

今日儲けた二十五万円と今までに稼いだ五十万円とで七十五万円ある。あと三十三万円をどうしようか。

彼は帰ってくると妻の永子に言った。

「僕の銀行預金はいくらくらいあるだろうか」

「銀行預金？」永子はふっくらした顔をふりむけて、

「郵便貯金も生命保険もあるわよ。銀行預金はね。えーっと八百万くらいかな」

「そんなに。少し要ることがあるから、通帳と判を出しておいてくれないか。三十万円ほど使うよ。あとですぐ返すからね」

永子は気のいい女だった。何に使うのかききもしないで、「いいわよ」と言って炊事の仕事を続けた。

「今日中に頼むよ」

「わかったわよ」

彼は安心して階上の自室へ上がって行った。

次の日、彼は昼休みの時間に預金通帳と判を持って銀行へ出かけた。そして三十三万円を引き出し、机の抽出しに入れてあった五十万円の現金と昨日儲けた二十五万円とを鞄に入れると、早く退勤にならないかなと思いながら会社に戻った。

会社では食堂へ通ずる廊下にある掲示板のところに人だかりがしていた。彼も立ち止まって掲示を眺めた。掲示は人事異動についてであった。

「十月十日付を以て営業第五課課長大高良一を貝塚製鋲社長として出向を命ずる。

営業第三課課長代理久本武を営業第五課課長に命ずる。

営業地方課吉岡周二を営業第三課課長代理に命ずる」

「大高課長、貝塚製鋲に行きはるんだね」

「貝塚製鋲には焦付きが二億五千万円ほどあるんだって。倒産寸前らしいわよ。大高課長はその立て直しに行きはるんだって。苦労しはるわねえ」

「でもあの大高さんなら何とかなるんじゃない？」

掲示を見ながら女子社員が喋っていた。

沼田は営業第四課課長の自分の席に戻ると、第五課課長の大高良一に話しかけた。

「貝塚製鋲へ行くんだって？」

大高は引き締まった顔を沼田の方へ向けて言った。

「内示は四、五日前にあったんだ。今日、昼から行って資料を持ってくるよ。軌道に乗ったらまた戻ってくるよ」

「二億五千万の焦付きはどうするんだ？」

「それはいろいろ考えている。一応棚上げにして一から出直すことになるよ」

「貝塚製鋲のあの社長はどうなるんだ？」

「一応会長の職に退く。あの会社はあの社長が始めた会社だから追い出すわけにはいかんよ。うちはただ、あの会社を世話するだけだから、あの社長もわかっていると思うよ」

「あの社長はルーズだそうだぜ」

「それはわかっている。要所を締めたら、よい方に向かうだろう」

そこへ沼田に電話がかかって来た。沼田は受話器をとり上げると相手と話し始めた。また忙しい仕事が始まった。

五時になった。沼田は仕事のけりをつけると、京橋へ向かった。京橋の喫茶店「オアシス」に入ると真っすぐ奥の部屋へ進んだ。カーテンを開けるとあの男がいた。相変わらず浅黒い皮膚の色をしており、見栄えがしなかった。

「今日は」沼田は空いている椅子へ腰掛けた。そしてポケットから百八万円をとり出すと、黙って男の坐っている机の上へ置いた。

男はニコニコとも、ニヤニヤとも取れる笑いを浮かべながら、

「今日、きっと来なさると思ってましたよ。このテレビは普通のテレビと違いますので、ボタンがたくさんありますが、一応説明しておきましょう」

「何日《いつ》持って来てくれるかね」

「御主人がいなさる時でないと具合が悪いでしょう。十月十日は祝日ですから、その日に致しましょう。家におって下さい」

「わかったよ。それでは説明してくれ」

「このボタンは普通のテレビが映ります。チャンネルとか音声は普通のテレビと同じです。まずこのボタンを押して、それからこのダイヤルを何時間前にしたいのか数字を合わせて下さい。前に言いましたように三十時間前まで遡ることが出来ます。それからこのボタンでワンスモアマシンのセットが出来ます。そうすると世界はン時間前に戻るというわけです。それからこのボタンは押してはいけません。機能停止になるボタンです」

男は指さして説明した。それから領収書を出して書き込み、沼田に渡した。そして別の紙に住所と氏名を書かせると、「どうも有難うございました」と言った。

沼田は、「それでは十月十日にな」そう言って「オアシス」を出た。

十月十日になった。沼田は朝からどこにも出かけないで待っていた。永子には俺専用のテレビを買ったからな、と宣言した。

「わたしらの見る番組と違う番組を見たいのね」

「そういうこと。君もさわらないでくれ、二人の子供にもそうさせてくれ」

「わかったわよ」

昼すぎに男がやって来た。

「どこへ置きますか」

「二階の僕の部屋に入れてくれ」

男はトラックから例のテレビをおろすと、一人で抱えて上がった。二人の子供たち、道男と幸子は声を上げて居間から二階へ上がって来た。沼田は言った。

「これはお父さんだけのテレビだからな、さわってはいかん。この部屋にも入って来たらいかん。わかったな」

「さわらないよ」

六歳の道男はお兄さんブった調子で、
男はテレビを据えつけると屋内配線にとりかかった。

「アンテナは共通で行けますからね」

道男は浅黒い男が働くのを見ていたが、

「おじさん、どこのテレビ」ときいた。

「未生《みしょう》テレビといいますよ」男は答えた。

「みしょうテレビ?　きいたことがないなあ」

道男はみしょうテレビ、みしょうテレビと口の中でくり返していたが、「サッちゃん、遊びに行こう」と言って出て行った。

男は仕事が完了すると、テレビのボタンをあちこち押していたが、「これでいいですね。このボタンは通常テレビ。このボタンはワンスモアボタン。そしてこのボタンは押してはいけません。それでは、どうも有り難うございました」と言って帰って行った。

沼田は抽出しからガムテープを取り出すと、その押してはいけないボタンを覆うようにして貼りつけた。


沼田は十月二十七日日曜日、京都競馬場へ出かけた。毎日配達されるスポーツ新聞を持って行った。競馬場に着くと既に始まっていて、第3レースが行われる前だった。彼はフジノオースケとキシュウチャレンジの3—4の馬番を一万円で買った。見ているとキョウエイシニックとマルブツピンスキーの一、二着で馬番連勝10—11で千六百円の配当だった。

彼はそれを新聞に書きこんだ。一万円がパァになったが惜しいとは思わなかった。そして次々と賭けていった。第4レース、第7レース、第12レースで勝って合計十三万円ほど返ってきた。賭けた金は十万円で、結局三万円の黒字となった。彼は満足して帰った。

翌朝、沼田はワンスモアマシンの前に坐った。そして二十四時間前のところへダイヤルを合わせるとボタンを押した。

朝だった。沼田正夫は八時頃出かけた。手には翌日の日付けのスポーツ新聞を持っていた。

着いてみると第1レース、第2レースは済んでいて第3レースが始まろうとしていた。彼はスポーツ新聞を見てキョウエイシニックとマルブツピンスキーの10―11の馬番連勝を一万円買った。

そしてスタンドへ戻り見物した。勝負は無印のキョウエイシニックがトップを取り、穴のマルブツピンスキーが二着に入った。競馬場ではドヨメキが起こった。彼は新聞を見て、たしかに自分が10―11を取ったのを確かめた。馬番連勝の配当は千六百円で、彼は十五万円儲けたことになる。

彼は第4レースを飛ばして第5レースに賭けた。第5レースは七頭出走で枠連と馬連の区別がなかった。第5レースでも彼は十四万三千円を儲けた。〈第6レースをやって帰ろう〉彼はきめた。第6レースでも彼は六十三万円儲けた。

その日東京競馬場で行われた第一〇四回天皇賞レースでは一着に入った武豊騎乗のメジロマックイーンが進路妨害で十八着に降着されるという事件が起こった。ターフビジョンで彼は知ったが、別に何の感慨も湧かなかった。

〈天皇賞に賭けても勝ったな〉そう思った。

帰ってくる電車の中で、なぜかしら沼田は難波のバー「朋《とも》」のママ朋子のことを考えた。朋子の幻が浮かんできて彼と重なるのである。

〈『朋』へも行かなければならないな〉なんとなくそう思った。しかしその日は彼は行かなかった。

「また明日だ」

銀行は閉まっているので、彼は札束を服のポケットに入れたまま高島屋へ立ち寄った。真っすぐ貴金属売場へ行き、ダイヤモンドを鏤《ちりば》めた金の指環を買った。五十万円だった。それをポケットに入れると家へ帰った。

明くる日、仕事を済ませると五時半頃会社を出て、難波の「朋」へ行った。六時頃の難波の街は、人通りはあったが街灯はともっていず、なんとなく寂しげだった。夜になると賑やかにさんざめく明るい街とは思えなかった。

「朋」は準備中だった。ママの朋子とホステスのカズが小鉢物をつくったりしていた。

「今晩は」と入って行くと、和服姿の朋子は、「いらっしゃい」と言った。ホステスのカズはチラリと沼田に目をやって頷いた。

「早いのね」朋子は言った。和服姿の彼女は色気が発散して輝いているように見えた。

「ママさんの顔が見たい一心で」彼はそう言ってカウンターの椅子に腰掛けた。

「ちょっと待っててね」朋子が言った。

「いいよ、早く来過ぎたんだから」

「水割りね。いつもの」

朋子はガタガタやっていたが、やがて水割りをつくり彼の前に出した。

「今晩どうだい」彼は低い声で言った。朋子は黙って頷いた。

やがて準備が終わったらしく、朋子は壁に貼ってあるダーツの標的に向かって投げ矢を始めた。

「なかなかうまくいかない」そう言いながら何べんも矢を投げる。やがて標的に突きささった矢が何本にもなり、彼女はやめた。

やがて彼は水割りをあけると立ち上がった。そして財布から金を取り出すと、

「今日はこれだけ払っておく」と言って十万円をカズに渡した。

「ありがとうございます。もうお帰り？」とカズは言った。しかしその意味を彼女は知っていた。

「また来る」彼はそう言うとバー「朋」を出て行った。

それから彼は難波の街をブラブラ歩いて心斎橋筋の南入口までやって来た。南街映画劇場の看板がかかっている。それを見ながら映画館へ入った。

「プリティ・ウーマン」というのをやっていた。彼はゆったりとした気持ちで席についた。「プリティ・ウーマン」は面白かった。途中から観たので、次の回は始めから終わりまで観た。終わると十時半だった。彼は映画館を出てまた商店街を歩き、喫茶店に入った。夜遅くなのに、喫茶店は混んでいた。彼は一隅に腰かけるとコーヒーを注文した。そこに三十分ほどいて彼は立ち上がってまた夜の街へ出、それから「朋」へ行った。

十一時半頃だったが、客が二、三人いて何か喋っていた。カズはいらっしゃいませと言い、注文をきかずに水割りを出した。カズと二言、三言話してから、彼は黙って水割りを舐めるようにして飲んだ。二、三人の客はやがて帰って行った。

「今日はこれで看板」朋子はそう言うと、店の外に置いてあった「バー朋」という看板を消して店内に持ち込み、片付けものをした。

「それでは失礼さしていただきます」カズともう一人のホステス、トシちゃんは服を着替えて帰って行った。

「お待ちどおさま」朋子は和服をツーピースの洋服に着替えて、外で待っている沼田のところへやって来た。彼は何も言わず先に立って歩きだした。朋子も黙って肩を並べてついてくる。

夜の心斎橋筋はネオンがともり、酔漢が歩き、女の嬌声が起こり賑やかだった。二人は御堂筋へ出るとしばらく待ってタクシーに乗った。

「上六」沼田はそう言ってシートに坐った。

「このごろ店はどうだい」彼は朋子に言った。

「売上げは落ちているのよ」朋子は言う。

「バブルがはじけて私たちのところは影響を被ったわね」

「閑《ひま》ってことか」

「そうよ」そう言うと朋子はしばらく黙っていたが、

「ねえ沼田さん、少しお金を貸していただけない？」と言った。

「いくらぐらい」彼はきく。

「三百万ほど貸していただきたいのよ。このごろ金繰りが難しくなってね」

「三百万」彼は言って考えた。

タクシーが上六に着き、二人は降りた。

「なんとかするよ。しかし、二週間ほど待ってほしいな」

「そう二週間ね」朋子は重たげに呟く。

二人は歩いて上六の町の裏通りにある「スワン」とネオンが輝いているホテルに入った。

「お泊《とま》りですか」ホテルのカウンターで従業員がきく。

「そう泊り」

「それでは二階の二十三号室へおいで下さい。これは鍵です」

沼田は鍵と一緒に差し出された書類に書き込むと鍵を受け取って中央の階段を上った。

ホテル内部全体が紫色の明かりに包まれており、絨毯は赤だった。妙な気を引きたたせる雰囲気に包まれている。沼田と朋子は過去何回もここへやって来た。ホテルの構造はわかっている。彼と朋子は二十三号室へ入ると鍵をかけた。

「これ、プレゼント」彼はポケットに入れていた、ダイヤモンドつきの金の指環のケースを朋子に差し出した。

「わあ、何です？」朋子は言ってケースをあけて見た。

「指環ね。ダイヤモンドがついている」彼女は指環を指にはめてみた。

「わあ、ピッタリ。これもらっていいの？」

「あげるよ。少し高価なものだよ」

「ありがとう」朋子はケースをハンドバッグに入れた。

部屋は全体に薄暗く、中央にダブルベッドがあった。一方の壁は鏡で、他方の壁には小さな机とスタンドがあった。テレビも置かれていた。

沼田と朋子は服を脱ぎ始めた。その夜一晩中、沼田は朋子の体をむさぼった。

翌朝、昨夜は輝くばかりに見えた朋子の肉体はうす汚れた中年の女のものになっていた。

〈この人憎らしい〉朋子は思った。体力が回復して色気が出始めたころ彼はやって来る。そして彼女の一番いいところを持って行ってしまうように感じた。

二人の間の関係がこうなったのは朋子の方に理由があった。

十年前、沼田が大学を出て今の会社に入社した翌年の正月、会社で何か祝い事がある時は、会社と取引のあるバーのママさんたちがやって来ていろいろ手伝うのだが、その時、朋子もその中にいた。そして入社二年目の沼田に目をつけたのである。

朋子は沼田に挨拶した。沼田も相手が誰だかわからないまま挨拶を返した。その後しばらくして、同期に入社した久本が沼田を飲みに行こうと言って誘いだした。二人はバーをハシゴしたが、最後にバー「朋」へ行った。沼田は、同僚と飲みに出ることがあまりなかった。バー「朋」は初めてだった。時間は十一時を過ぎていた。そのママさんを見て、正月に挨拶したのはこのママさんかと沼田は気づいた。

飲んでいる最中、久本は朋子といろいろ話していたが、沼田は黙っていた。そして半時間ほどたった時、もう帰ろうかと久本は立ち上がったが、朋子も、今日は看板にすると言って帰る用意を始めた。その時、二人のホステスは先に帰っていて朋子一人だった。二人が外で待っていると、朋子は店の灯りを消して扉を閉めた。そして沼田の方へ近づいてくると、

「酔ったわあ」と言いながら沼田の背広に顔を押しつけて左右に動かした。

「口紅が、口紅が」と久本は言ったが、「大丈夫、口紅つけてない」朋子は言って、なおも顔を沼田の体に押しつけた。

「これからどこかへ行こうか」沼田は言った。

「行こう、行こう」と朋子は言う。それで三人はタクシーに乗った。

「上六」朋子はそう言った。

車は上六で止まった。朋子は先に立って歩く。そしてラブホテル「スワン」に来たのである。

久本は、「僕はもう帰るよ。あとは二人でよろしくやってくれ」と言って帰って行った。

そこで、沼田は朋子と結ばれたのである。沼田には初めての経験だった。朋子は結婚してくれとは言わなかった。それでその後、沼田は今の妻永子と結婚したのであるが、朋子との関係は続いていた。

〈何でモーションをかけて来たのかな〉彼は時々考える。他の女と結婚したことで罪の意識を感じることはあったが、彼は朋子が好きだった。

〈このままでいい、しかし将来はどうなるのかな〉と考えることもあった。

次の日曜日、彼は淀の競馬場へ出かけた。第五十二回菊花賞の日である。第1レースから順番に賭けていったが、メインの菊花賞を含め、全滅した。菊花賞は人気馬のナイスネイチャとイブキマイカグラ、シャコウグレイドの三点買いをしたが、新聞では注意となっていたレオダーバンが一着となり、沼田の買った馬券は紙クズとなった。各レース千円ずつ、菊花賞は三点買いしたので一万三千円の損となった。

彼は翌朝まで待った。翌朝配達されたスポーツ新聞を握ると、彼はワンスモアマシンの前に坐り、二十四時間前にダイヤルを合わせ、ボタンを押した。

京都競馬第五十二回菊花賞の当日がそこにあった。彼は新聞を見て、当たり馬券を次々と買った。菊花賞を含め、全部で百十五万円ほどとなった。第11レースが終わり、彼は立ち上がった。馬券を払い戻し機で現金化していた。お金が次々と出てきた。それを見ていた小柄な若い男が、「ホウ、すごいですね」と感嘆した。沼田は何も言わず、金をポケットにねじ込むと、サッサと出て行った。

次の日、会社では菊花賞が話題になった。

「ナイスネイチャ買ったのになあ。四着だった」

「俺は複勝式に賭けて二着のイブキマイカグラを取った」

「俺は全部ハズれたよ。レオダーバンが来るとはな」

「レオダーバンにもチャンスはあったよ。新聞には注意となっていた」

沼田は、いつもなら積極的にその会話の中に入っていくのだが、今日は黙っていた。

「課長はどうでした」誰かがきく。

「俺も駄目だった」と沼田は言った。

「へえーっ。実は取ったんじゃないですか。なにかおかしいぞ」

「そんなことないよ」

「倉庫の奴ら、誰か取った奴がいるかもしれんな。あいつら好きだから」

ひとしきり話すとそれぞれに仕事についた。

次の日曜日にも沼田は競馬場に出かけて行った。その日沼田が取ったのは第1レースの一・七倍、千七百円だけだった。しかし、翌朝にはワンスモアマシンの前に坐り、再び二十四時間前に合わせた。

十一月十日の朝だった。彼はまだ出かけないうちに十一日付のスポーツ新聞を調べて買う馬券をきめた。そしてゆっくりと出かけて行った。

競馬場につくと第3レースをやっていたが、彼はゆっくりと座席につくと観戦した。競馬場では昂奮と溜息の波が広がっていた。彼は第10レースが終わると第11レースの馬券を買いに行った。マヤノジュピターとアイゼンルドウの馬番連勝を二万円買った。レースはリリーフォーレルとハイビッグが先頭を切ったが、マヤノジュピターが第四コーナーでトップに立ち、アイゼンルドウがそれに続いて、一、二着で入った。

ターフビジョンは6—7の馬番、一万八十円の配当を映し出した。約百倍である。彼は立ち上がって場内に入り、払い戻し機で二百一万六千円の配当金をつかみ取って帰ろうとした。

「すごいじゃないか」背後で男の声がした。ふり返って見ると、先週彼に話しかけてきた小柄な若い男が立っていた。

「俺にも教えてくれよ」男はさらに言った。気がつくと、あと二人の男が沼田を取り囲むようにして立っていた。

沼田は首を振って立去ろうとした。

「まてっ!」若い男はそう言って沼田にタックルを仕掛けた。沼田はよろめいてバッタリ倒れた。あと二人の男もかかってきて、三人で沼田を殴りつけた。顔やら体やらにパンチを浴《あび》せた。沼田はやがてグッタリとなった。三人の男は沼田のポケットに手をつっ込んで、今得たばかりの札束をつかみ出すと、あわてて逃げて行った。周囲に人だかりがあった。近くにいた人々が現場を取り囲んで見ていた。

「何だ、何だ」という者があった。

「強盗だよ」誰かがそう言った。

「警備員に知らせろ」

しかし沼田は起き上がると、騒ぎにならないうちに走って人混みの中にまぎれ込んだ。急いで出口を出ると小走りに駅に向かって歩いた。顔やら脇腹がズキズキした。

〈ひどい容貌になっているんだろうなあ〉

そう思った。淀駅に着くと便所に入って鏡を見た。

右目のあたりが黒ずんでいた。全体に顔がはれたようで、容貌が少し変わっていた。左の眉毛のあたりに血がうっすらとにじんでいた。

〈思ったほどではない〉そう考えて便所を出ると、何くわぬ顔をして電車に乗った。電車に乗っている間中、脇腹が痛んでいた。そして家に帰りついた。

玄関口で台所の方を見ると、妻の永子が台所にいた。彼女もチラリと彼を見、

「お帰りなさい。アラ、顔がひどく腫《むく》んでいるわ」

「なんでもない。なんでもない」彼は言いながら二階へ上がって行った。そそくさとワンスモアマシンの前へ坐ると、十時間前にダイヤルを合わしスイッチを入れた。

十時間前は朝飯を食べている時だった。夕べの残りの魚とホウレン草の煮たのと、味噌汁と漬物を食べ終わると、「ちょっと出かけてくる」と永子に言って外出した。

彼は環状線で大阪駅へ出て、歩いて阪急梅田の西側にある、梅田の場外馬券売場「梅田ウインズ」へ行った。梅田ウインズは、四階建てのあまり大きくない建物で、梅田駅から歩いて五分ほどの所にあった。梅田駅から間断なく人々が続いていた。みんな競馬をやっている人々である。警官が出て交通整理に当たっていた。みんなゾロゾロ歩く。

着いてみると二階から四階まで馬券売場があったが、みんな満員で、あちこちに天井からブラ下がっているテレビを夢中になって見ている。あまり喧騒ではなかった。どちらかと言えば静かであった。みんな黙々と馬券を買い、テレビに見入った。彼は馬券を買わなかった。二階からだんだんと三階、四階へと歩き、人混みの少なそうな所を探した。レースは第4レースに入っていた。彼は一時間ほどあちこち歩き、それからそこを出て、近所の喫茶店に入った。そこでも梅田ウインズと連絡してテレビは競馬をやっていた。客は梅田ウインズに来た人が多かった。あちこちでレースの話をしていた。

十一時を過ぎたころ、昼食の時間が近いので追加でサンドイッチを注文してそれを食べた。テレビは第9レースをやっていた。それの結果が出るのを待って彼は喫茶店を出た。再び梅田ウインズへ行く。人混みは朝来た時より増していた。彼は舌打ちしたくなったが、二階の馬券売場で第11レース6―7のマヤノジュピターとアイゼンルドウの馬番連勝を二万円買った。そしてレースが始まるのを待った。

第11レースではマヤノジュピターとアイゼンルドウが一着と二着に入り、テレビに配当が映し出された。馬番連勝一万八十円である。ドヨメキが場内を走った。

「万馬券だ」「チキショウ」という声がどこかで聞こえた。そして人々は第12レースを買うために窓口に並んだ。

「おれは枠番5—6で取ったぞ」

「千五百六十円だな」

「おれは駄目だった。無印が入るとはな」

すぐ前に立っている三人組がささやいている。

沼田はゆっくりと払い戻し機の方へ歩いた。払い戻し機は部屋の隅にあって、今は使っている人がない。彼はあたりを窺いながら、それに当たり馬券をつっ込んだ。ガシャガシャと音がして二百一万六千円が出てきた。彼はなにげなくそれをつかむとポケットに入れて、ソッと場内から出て行った。

(三)

朝だった。会社では仕事が始まろうとしていた。ＯＬがバケツに水を入れて雑巾で机を拭いていた。沼田が出勤すると彼女は、

「今日は少し遅くなっちゃって」と弁解した。沼田は御苦労さんと言って机に腰掛けた。手にしていた新聞を広げる。しばらく見ていたが投げ出し、既に出勤している課員と何か一言言葉をかわした。あちこちで電話が鳴り始める。

「昨日井ゲタ金属の坪田さんとの麻雀どうだった?」沼田は課員の増本富三に声をかける。

「坪田さん、麻雀強いですね。僕も桐葉もコテンパンにやられましたよ」

「向こうは坪田さんだけか」

「いや製造二課の唐松という人が来ましたよ。その人は弱くてビリだったですけどね」

「坪田さんは何か言っていたか」

「いや別に。この不景気で井ゲタ金属も売上げが減っているらしいですね。製造の方も少し控えているんだって」

「そうだろうな。こまかい注文でもどんどん取れよ。あそこは払いがいいから」

「坪田さんが言っていましたよ、井ゲタ金属は傑作やっているなあって。自分のところで鋼材造っていながら、外から鋼材買い入れているって」

「井ゲタ金属ですべての鋼材を造っているわけじゃないからな」

「今度、インドネシアに合弁会社作るんだって言ってましたよ。小規模らしいが棒鋼、鋼板を造るらしいですよ」

「それ、貿易課の耳に入れておけ」

その時電話が鳴った。

「ハイ、こちら営業第四課」

電話の向こうで交換手が喋った。

「大阪府建設局の原口さんからです」

やがて原口の声が聞こえた。

「沼田君、原口だがな。どうしている。先週、建設局企画会議があってな、府は木津川に一本橋をかけることになったんだ。それをかけると交通渋滞を防げるということでな。もうしばらくして入札がある。鋼材五百トンほど要るぞ」

「ありがとう。入札は何社だ」

「五社かな。板巻橋梁と安治川ドック、それに坂口組と林建設、島田組だ」

「予算はいくらだ」

「十億円ほど」

「起工はいつだ」

「平成五年八月ごろ」

「ありがとう。早速こちらで用意する。ところでこの間河原に会ってな。彼二度目の奥さんをもらうそうだ」

「彼には子供が二人あったと思うけどな」

「子供は奥さんが連れて行ってしまったそうだ」

「彼はフラフラしとるからな。しっかりした奥さんの方がいいな」

「俺もそう思う。今度も奥さんがいやになったなんて言うな、と言っておいた」

「ま、うまく行くように祈ってるよ。じゃまた」

電話は切れた。原口と沼田は高校、大学と一緒で友人だった。府の建設局企画部に勤めている原口は、情報をチョクチョク入れてくれるのだった。

彼は電話をおくと、営業部長のところへ行った。部長は次長と何やら話中だった。彼は言った。

「お話中すみません。部長、府で木津川に橋をかける計画があるそうですよ」

部長は話をやめて、ふりむいた。

「なに、いつごろだ」

「平成五年八月に起工式をやるって言ってましたけれどね」

「入札はどこなんだ」

「板巻橋梁と安治川ドック、坂口組、林建設、島田組らしいですよ」

「うちと取引のあるのは板巻橋梁と島田組だな。入札はいつだ」

「おそらく年内でしょう」

「早速、板巻橋梁と島田組へ当たっておけ。瑞穂製鉄では八月積になるか」

次長が言った。

「まだ間がありますね」

「よし」

沼田は自分の席へ戻った。

課員の桐葉が近づいて来た。

「課長、岡崎鉄工ですがね。先週アングル6×50を十トン納めたんですが、その中にボロボロに錆びたやつが三本混じっていたというので文句を言って来ましたよ。あんなことをしてくれては困るって」

「倉庫の奴だな。早速取り換えますと連絡しろ。倉庫の奴、とっちめねばならん」

「倉庫へは僕の方から言っておきましょう。岡崎鉄工へ電話しておきます」

桐葉が去った。

沼田はしばらく伝票の整理をした。各課員が出した見積書などを調べて判を押していく。

「これは何だ？　このチャンネルいやに安いじゃないか、栗田」彼は別の課員栗田に向かって言った。栗田は近づいて来て自分の書いた見積書を眺める。

「このチャンネル、トン九万一千円になっているが、仕入がそう言ったのか」

「ちょっと待って下さい」栗田は言って自分の席に戻り、仕入課の出したメモでチャンネルの値段を見た。

栗田は新入社員で、十月からこの営業四課に配属になったばかりだった。彼はメモを見た。それには九万七千円となっていた。一と七を見間違えたのである。彼はまだ各鋼材の値段が頭に入っていなかった。しまったという顔で沼田のところへ来た。

「僕の間違いでした。仕入課は九万七千円と出していました」

「そうだろう。この見積書、書き直せ」

栗田は見積書をもって自分の席に戻った。

昼から貝塚製鋲へ出向して社長になった大高良一がやって来た。三階の経理課で経理部長と話をした後ブラブラと一階の営業部の方へ下りて来た。

「やあ、いらっしゃい」沼田は声をかけた。

大高はニッコリ笑って沼田の方へやって来た。

「どうなってるの」

大高は、空いている椅子を引出してきて沼田の横へ坐った。

「なにもかもメチャクチャだよ。貸借対照表は粉飾してるし、伝票が整理されてない。工場はゴチャゴチャとネジが積んであるし」

「あの社長、ルーズなんだよ」沼田はタバコを取り出した。カチッとライターで火をつけるとフーッと吐き出した。

「何年も前からだ。バブルで調子よくやっているうちにニッチもサッチも行かなくなったんだ」

「その通り。借入れが増えて返せなくなったんだ。銀行の方はどうなんだい」

「銀行か。取引銀行が二行あるんだが、合計一億円の不良債権になっている。バブルが崩壊して銀行も苦しくなったんだな。銀行と較べるとうちなんか甘いよ。でもそうは言ってられないしな」

沼田はまたタバコを吸った。そして煙を吐き出しながら、「君にやれるんかい」と言った。

大高はキッとした顔を沼田に向けた。

「やらなくちゃならない。会社も君も応援してくれなくちゃ。ではこれで」と気を悪くしたように立ち去った。

沼田は机に向かって赤い紙の鉄鋼新聞を読みながら、しまったなと考えた。大高は気を悪くしたらしい。あんなこと言わなければよかった。俺は傲慢な高飛車なところがあって、時々相手を傷つけるようなことを言ってしまう。俺が大高だったら貝塚製鋲を再建できるだろうか。大高は一生懸命やっているんだ。励ますようなことを言わなければならないのに、ケチをつけるようなことを言ってしまった。しくじったなあ。もう一度やり直しができないものだろうか。まあいいや、あとで考えよう。

その時近畿製鋼の岡田営業部次長がやって来た。顔の丸い陽焼けしたような黒い皮膚の彼は沼田の横へ腰を下ろした。

「毎度」と言う。沼田は、「インド向けの平鋼出来たか」と言った。

「もうすぐ出来る。出来たら検査を受けねばならない。検査の手配は出来ているかな」

沼田は増本の方を向いて、「増本、国際規格の検査官に話してあるか」と言った。

「はあ、出来ております。検査官の関さんは、電話をすれば来てくれるようになっています」

「この間の府庁向けの棒鋼では大分とっちめられたけれどな」

「今度はそういうことはないと思います。そうでしょ、岡田さん」

「そうとも、うちは規格に沿って造っている。へんなものを造りゃしませんよ」

「近畿製鋼は大丈夫だ。検査に通らなかったら信用にかかわる」と沼田は言った。

「このごろ佐伯造船が出ていませんねえ」と岡田は話題を変えた。

「もう船を造ってないんですか」増本が言った。

「バブルが崩壊して不景気になってから注文も減ったそうです。あそこも赤字じゃないですか」

「どこもいい話を聞きませんな」

岡田次長は長いこと世間話をして帰って行った。

沼田は五時になって帰り支度をしながら、今日の大高のことを思い出していた。大高は気を悪くして帰った。大高は彼と同じ年に摂津鋼材に入り、それから約十年間、親友として、またライバルとして一緒に勤務してきたが、沼田は大高に一歩譲る面もあった。しかし彼より優れている面もあるということを考える時もあった。だが今日のようなことは初めてである。友情を損なったかもしれない。彼はクヨクヨ考えた。そしてワンスモアマシンを思い出した。

彼は自宅に帰ってくると、「今日は早いのね」という永子の言葉を聞きながら二階へ上がって行った。そしてワンスモアマシンの前に坐ると六時間前にダイヤルを合わせた。

(四)

大高良一がやって来た。

「やあ、いらっしゃい」沼田は声をかけた。大高はニッコリ笑って沼田の方へやって来た。

「どうなってるの」

大高は空いている椅子を引き出してきて沼田の横に坐った。

「なにもかもメチャクチャだよ。貸借対照表は粉飾してるし、伝票が整理されてない。工場はゴチャゴチャネジが積んであるし」

「あの社長ルーズなんだよ」沼田はタバコを取り出した。カチッとライターで火をつけるとフーッと吐き出した。

「何年も前からだ。バブルで調子よくやっているうちにニッチもサッチも行かなくなったんだ」

「その通り。借入れが増えて返せなくなったんだ。銀行の方はどうなんだい」

「銀行か。取引銀行が二行あるんだが、合計一億円の不良債権になっている。バブルが崩壊して銀行も苦しくなったんだな。銀行に較べるとうちなんか甘いよ。でもそうは言ってられないしな」

沼田はまたタバコを吸った。そして煙を吐き出しながら、

「まあ頑張ってくれ。君ならやれるよ」と言った。

「有り難う。やらなくちゃならない。会社も君も応援してくれ」大高はニッコリ笑った。そして、じゃ、これで、と言いながら立ち去った。

沼田は机の上の赤い紙の鉄鋼新聞を取り上げると読み出した。

その日五時になって終業し、今日は久しぶりに早く帰ろうかと思って支度し、帰り始めると、課員の富田恭子と岩間定子が帰り支度してやって来た。

「一緒に帰ろうか」沼田が声をかけた。

「ちょっと百貨店へ寄りますので」と恭子が言った。

「いいじゃないか、僕も一緒に行こう」沼田は言って連れだって会社を出た。

夕暮れの心斎橋は帰りを急ぐ人たちでいっぱいであった。地下鉄の入口へ吸い込まれる人が多かった。心斎橋筋はそれでも、人々がゆっくりとした歩調で大勢歩いていた。十月も末ともなると日が暮れるのが早く、夕闇が迫っていたが、心斎橋筋はアーケードに灯がともり、昼と変わらぬ明るさだった。黙って歩いている人もおれば、二、三人あるいは四、五人がペチャクチャ喋りながら歩いている人々もあった。男は背広、女はそれぞれ流行に合わせた服を着ていて華やかだった。沼田は二人と会社のことを話しながら歩いた。

「会社でなにか不満なことでもあるかい」沼田はきいた。

二人は身を寄せ合うようにしてクスクス笑っていたが、恭子が言った。

「貿易課の筒井さんがねえ」

「貿易課の筒井がどうかしたか」

「いやらしいのよ。チャンスがあれば体に触る。いやらしいことを言ってくる」と批難するような口ぶり。

「奥さんあるのにねえ」と定子が相槌を打つ。

「この間もねえ。富田恭子、女王と言うのよ」

「ふーん。それだけじゃ大したことないんじゃないか」

「そして言い直して、セックスの女王、と言うのよ。私、セックスの女王なんかじゃありません」

「ひどいわねえ」と定子が言う。

「岩間君はどうだね」

「私には礼儀正しいのよ。へりくだっているのよ」

岩間定子は美しかった。日本的な美人で瓜実顔の、口の小さい、整った顔立ちだった。

富田恭子の方は少し丸顔だったが、チャーミングだった。頭は恭子の方がよかった。誰でもが親しめて、恭子のジョークに笑った。

「それは富田君が魅力があるから」と沼田は言った。

「しかし、あまりひどいようであれば、私から注意しておこう」それから思い出して、

「第四課で年末に忘年会をしようと思うが、何が食べたい？」

「そうねえ」定子は考えた。

「すき焼きか、てっちりか、しゃぶしゃぶか、お寿司か、中華料理か」

二人は歩きながら額を寄せて何かボソボソ言っているようだった。岩間定子が顔を上げて、

「課長、中華料理」と言う。

「そうか、それなら」沼田はニッコリした。

三人は既に、心斎橋筋の大丸百貨店の前に来ていた。

「ここ」と恭子は言った。そして三人は百貨店の中へ入って行った。

「なに買うの」

「ハンドバッグ。これいやになったの」恭子は自分の肩からかけているバッグを、肩を揺らすようにして示した。

そこで三人は皮製品売場の方へ歩いた。定子は恭子についてきただけだった。

四階のハンドバッグ売場ではチラホラと人影が見えた。三人はショーケースに並んでいるさまざまなハンドバッグを見た。

「ハンドバッグでございますか」店員が寄って来た。恭子は眺めていて形のいいハンドバッグを指さした。

「これ見せて」それは値段があまり高くなかった。

「これですか。これは日本製です。機能的にも、デザイン的にも優れております」と店員は言いながらそれを出した。

「ほかにもいろいろございます。これなどは少し大型ですが、機能的にも優れておりまして」とほかのものも出した。

「外国製品ならここにございます。これはフランス製でルイ・ヴィトンですが、これはイタリア製でグッチでございます」

そのハンドバッグは蓋になる場所に金メッキの縁取りがついており、ボタンが真ん中についていた。それは数あるハンドバッグの中で気品といえるような輝きを持ったものだった。

「このグッチいいわね。しかし高いなあ」

恭子は言ってまたほかの方へ目をやった。

「このグッチ、いいじゃないか」沼田は口を挟んだ。

「これにしなさいよ」

「でも高いから」恭子は言った。

「いいよ。僕が買ってあげる。僕のプレゼントだよ。岩間君もどう。同じものがいやなら、こっちのルイ・ヴィトンにしなさいよ」

「わあ、課長」定子は声を上げげた。

「そんなの、ねえ悪いわ」と恭子は言う。

「構わない。競馬で儲けたから」

二人はなおも遠慮したが、結局そのハンドバッグを買ってもらうことになった。

「このイタリア製とフランス製、一つずつ」沼田は店員に言った。

「ありがとうございます。それではお包み致しましょう」

沼田は代金を払うと、包みを一つずつ二人に持たせ、連れだって百貨店を出た。

翌日、沼田は会社を終えると、公衆電話でバー「朋」へ電話をかけた。朋子は出勤していて電話を取った。

「お元気？　また飲みにおいで下さいな」

「今日は飲むんじゃない。この間のお金できたから持って行くよ。『檜の木』という喫茶店で待っていてくれ」

「そう、有り難いわ。『檜の木』ね。待っているわ。すぐ来るの？」

「すぐ行く。それでは」彼は電話を切った。

バー「朋」の近所に「檜の木」という喫茶店があった。二人で出かけて行くとき、手始めにこの喫茶店でよくコーヒーを飲んだ。大阪の中心にあるこの喫茶店は高級な感じで一階と二階があり、豪勢な椅子とテーブルがゆったりと並んでおり、バックにクラシックの曲が静かに流れていた。

彼は直接その店へ行き、入口の近くに席を取った。店は混んでいるというほどではなかった。朋子はまだ来ていなかった。彼はラックからスポーツ新聞を取り出し、なんということもなく眺めた。

すぐ朋子がやって来た。臙脂《エンジ》色のワンピースを着、中ヒールの靴をはいて、髪はカットされていた。魅力のある顔をふりむけて、「待った？」と言った。

「いいや、そうでもない」彼はそう言ってしばらく話をした。そして、背広のポケットから三百万円の入った封筒を取り出した。

「これだよ」

朋子は明るい顔で、「ありがとう。作ってくれたのね。三カ月たったら返すわ」と言ってハンドバッグに仕舞い込んだ。

「金繰りがつかなかったの。来月十日に期限のくる手形が落とせなかったの」

「お役に立ってうれしいよ。じゃ僕はこれで」彼は立ち上がった。朋子も、有り難う、と何べんも言って立ち上がった。

十一月十七日に、彼はまた梅田ウインズに行った。そして帰ってくると、ワンスモアマシンを十時間前に合わせ、再び十七日朝の局面となった。第2レース二千三百五十円、第3レース三千四百三十円の馬番連勝を取り、五十七万円を持って帰った。

十二月一日では三レースだけやり、これは二万円を注ぎ込んで百九十四万円を取った。こうやって彼の貯金はドンドン増えていった。毎日が楽しくてしようがなかった。ウキウキするような気持ちだった。自分でもそれがわかった。浮わついてはならないと自分で自分を戒めた。

妻の永子もそれに気づいて、「このごろ何か嬉しそうだわね」と言った。

「仕事の調子がよいからさ」と彼は答えた。

「そう、それならいいんだけれど」永子はそれ以上は言わなかった。

十一月の二十日すぎ、沼田は出勤してから午前中は伝票を見、いろいろ整理し、午後から板巻橋梁に出かけた。

板巻橋梁は大正区の南、木津川運河のほとりにあった。大船橋を渡ると中山製鋼の隣に鉄筋四階建てのビルがあった。それが板巻橋梁の本社だった。

沼田はタクシーを降りるとその中へ入って行った。一階に販売課と購買課があった。彼が購買課に行くと課長の千長《ちなが》光春がいた。

「毎度ありがとうございます」沼田は挨拶して隣に坐った。課長の千長は小柄な身体で髪をきれいに分け、ドブネズミ色の背広を着ていた。

「どうですか、この頃は」と千長はきいた。

「不景気ですな。どこも、買い控えているんですよ。投資が落ちてね。私どものところなんかはもろにかぶっております。板巻橋梁さんはどうですかね」

「うちは受注残があるから、来年一年はなんとかやっていけます。そのうちに景気も回復するでしょう」

「受注残があればいいですな」

千長に電話がかかってきた。沼田は、「ちょっと専務のところに行ってきます」と言って一階の奥にある専務の席へ行った。専務の中山は中肉中背で、頭髪は白髪と黒い所が半々でゴマ塩頭だった。気難かしいので知られていたが、沼田とは気が合うのか、そうでもなかった。

「毎度、有り難うございます」沼田は挨拶した。専務は、チラリと沼田の方を見て頷いた。

「不景気ですね」沼田は言った。

「どう不景気なのだ」専務の中山は言う。

「どうもこうも、売上げが最盛期よりも四割方落ちてます」

「売上げが四割落ちていくらになったんだ」中山は追及する。中山はつっこんだ質問をするので知られていた。つっこんだ質問をして答えが得られないと納得できない。

「バブルの時は月二百億あった売上げが、このごろでは百二十億しかないんです」

「それでやっていけるのかい」

「やっていかなければなりません。まあ、どうにかやっていますが」

「瑞穂製鉄の口銭は何パーセントかね」

「五パーセントです。でもうちは瑞穂製鉄の扱いは二割ぐらいでしょうか。大型形鋼、磨棒、縞板などですね」

そこへ社員の一人が来て何かささやいた。中山はそれに答えて何か言った。その社員は去った。沼田は話題を変えた。

「専務、麻雀はやっておられますか」

中山の麻雀好きは知る人ぞ知るである。彼は毎週土曜、家で麻雀パーティをやっていた。

「やっておる」彼はそこで何か思いついて沼田に言った。

「君、今度の土曜に麻雀しないか。メンバーが一人欠けておる。君が来てくれれば有り難い」

「専務の家でですか」

「そうだ」

「お家は確か帝塚山の方でしたね」

「そうだ。地図を書いてやる」彼はメモ用紙に自分の家の地図を書いた。

「ありがとうございます。是非ともうかがわせてもらいます」沼田はそう言って、ではこれでと専務の横の席から立ち上がった。

十一月三十日、土曜日、彼は会社を十二時に終えると出て、心斎橋筋へ行った。そこでレストランで昼食を済ますと、難波の方へ歩いて行った。難波の映画館では「プリティ・リーグ」というのをやっていた。彼は金を払って館内に入った。客席はほぼ満員だったが、坐れた。

プリティ・リーグというのは、アメリカの女子プロ野球のことで、戦時中兵隊にとられ衰微していた男子プロ野球に代わって女子プロ野球が出来たが、その顛末を描いたもので、男子に劣らず、強烈なヘッドスライディングもするし、ホームランも打つ。しかもお色気が滲み出ていてほんとうにプリティ〈可愛らしい〉という感じだった。彼は、チームが遠征の途中で、広いレストランで乱痴気騒ぎをした場面が印象に残った。

彼はそこを出るとブラブラ歩き、本屋などを冷かしながら時間が来るのを待った。近くのレストランで夕食をし、地図に書いてもらった中山専務の家へ向かった。約束の時間七時きっかりに専務の家へ着いた。

「沼田ですが」出て来た若い女性にそう言うと、彼女は、「きいています」と言って家の中へ案内してくれた。

中山家では既に夕食を終え、家族が寛いでいた。麻雀のメンバーは、中山専務と専務の息子の中山伊平、板巻橋梁の若い社員水落隆彦と、沼田の四人だった。中山伊平と水落隆彦は既に来ていて談笑していた。

「そろそろ始めるか」専務がそう言うと、ホーム炬達の上を先ほどの若い女性が片づけた。牌が持ち出されて来、四人は卓を囲んで坐った。場所をきめる牌をとってその場所の通りに四人は坐り直した。

「千点百円」と専務は言った。

「半チャン三回」ともう一度言った。そして麻雀が始まった。

沼田は出だしは悪かった。最初に二回振り込んで二万点払い出してしまった。

「まだまだ子供の時間ですよ」沼田は言いわけをして牌をガシャガシャかきまわした。

次に沼田は上がって、緑発と紅中の二飜、懸賞牌一つで三飜の上がりだった。専務の家のルールでは、上がった時に追加される二飜はなしだった。次に専務が自模《つも》った。断ム、門前清、リーチ、自模の四飜で一万六千点が入った。

「さあ、どうだ」とばかりに専務は勢い込んだ。次の回は流れて親が次に移った。懸賞が千点かけられた。

「しまったなあ」息子の伊平が言った。

「しまったことをしたぞ」首を振りながら白板を捨てる。白板は一枚切られていた。

「大きなのを狙ってますな」水落が言う。

「なになに。シャブだよ」

「この男はシャブ上がりの名人だよ」専務は息子のことを言う。

こうして半チャンが終わったとき、沼田は原点になっていた。トップは専務で三万点の浮き、二位は沼田で原点、三位は水落で一万点の沈み、息子の伊平は二万点の沈みだった。

「おーい、紙、紙」専務が呼んだ。若い女性が紙とボールペンを持ってくると、専務はそれぞれの成績を書き込んだ。

三回目の半チャンが始まった時、沼田は専務に言った。

「府から木津川架橋の入札があるらしいですね」

「なに」専務はキッとなって沼田を見た。

「麻雀やってる時は仕事の話はなしですよ」伊平は沼田を窘《たしな》めた。専務は気を悪くしたらしく、危険牌を抛り出して水落に振り込んだ。

半チャン三回が済んで全部終わった時、専務は三回目に五万点沈んだこともあって原点だった。トップは水落で三万点の浮き、息子の伊平は二万点沈み、沼田は一万点の沈み。専務は原点で二位だった。

「沼田が余計なことを言うから」と専務は不気嫌な顔をしてボヤいた。沼田はしまったなあと思った。専務の麻雀パーティでは仕事の話は禁句となっていたのを知らなかった。言わなければよかったと思った。彼は恐縮して賭金の千円を払って帰った。

帰ってくると十一時を回っていた。彼は真っすぐにワンスモアマシンの前へ坐ると、四時間前の七時にダイヤルをセットした。

再び専務の家の前になる。彼は訪問ベルを押した。若い女性が顔を出し、「沼田ですが」と言うと、「きいています」と言って家の中へ招き入れた。そして麻雀が始まった。今回は、彼は仕事の話はしなかった。軽口を言って皆を笑わせるようにした。

半チャン三回を終わってみると、専務が五万点の浮きでトップ。水落が原点で二位。沼田が二万点の沈みで三位。息子の伊平が三万点の沈みだった。

「なんだ、大したことないじゃないか」専務は上機嫌で沼田にケチをつけた。

「私はこんなもんです。しかし運がついたらすごいですよ」沼田は答えた。

「運がなかなかつかない」専務はなおも沼田をいじめた。沼田はそれ以上答えず、アハハと笑った。なごやかな雰囲気で、沼田は二千円を払って帰った。

ある日、沼田は五時に仕事を終えると一人で「朋」へ飲みに行った。

「朋」はまだ準備中で、朋子とカズが忙しく働いていた。彼はカウンターの一番端に坐ると、黙って腕をテーブルの上にのせ、頬杖をついた。

「いらっしゃいませ。今日は早いのね」朋子が言った。

「早く来すぎたかなあ」沼田は言った。

「僕を気にしないで、仕事をしてくれよ」

「山芋、なくなったのかしら」朋子はカズに言った。

「トシちゃんが黒門市場で買ってくるはずよ。それから枝豆もね」

「これでよしと」朋子は言った。そして沼田に水割りを作った。

「おつまみは何にします」

「チーズでいいよ。すぐ帰るから」

沼田は水割りを一口啜った。

朋子は、カズが奥の方へ行ってる間にハンドバッグから封筒に入った手紙をとり出した。

「これ読んで」と手紙を沼田に渡した。

沼田は受け取るとポケットにしまった。そして三十分ほどとりとめもないことを喋ってから、帰るよ、と言って席を立った。

街は夕暮れで所々に並んだバーの店に灯りがついた。人通りはそう多くはなかった。心斎橋筋へ出ると、人通りが多くなった。仕事を終えて家に帰る人やショッピングしている人、ただなんということなく心ブラをしている人があった。御堂筋では車の流れが多くなった。陽が沈んで夕闇が忍び寄ってきた。車にはヘッドライトがつき、車の流れが光の流れになった。

家へ帰ると、沼田は朋子の手紙を読んだ。それは、拝啓、私のいとしい沼田様という書き出しで、要するに一千万円貸してほしい。借金を返すからというものだった。

沼田は苦笑した。しかし一千万円なら、今の自分には都合がつく。貸してやるかと思ってその手紙を机の抽出しに入れると、階下へ下りて行って妻の永子や道男、幸子たちがいる居間へ坐り込んだ。

十二月八日に、彼はまた梅田ウインズに出かけた。そこで第4レース、サラ三歳新馬戦で馬番連勝の配当二万百円を一万円注ぎ込んで二百一万円取った。札束は厚かった。彼は誰も見ていないうちにと思って、札束を背広の内ポケットにねじ込んで早々にそこを後にした。

沼田の妻の永子は、夫が日曜日に出かけて行った後、夫の部屋の掃除はどうなっているのだろうと考えた。夫は自分用のテレビを買い込んでから、部屋の掃除は俺がするからと言って自分の部屋に入らせなかった。息子の道男も、娘の幸子も入ってくるなと言った。しかし、自分で掃除をしている気配はなかった。ちょっと見てこようと思って二階へ上がり、夫の部屋に入った。案の定、汚れていた。テレビにはほこりが溜っており、部屋の隅には綿ぼこりが溜っていた。壁の方を向いている机の上はきれいだったが、その横にある本棚はうっすらとほこりが見られた。背広やカッターシャツがハンガーに掛けられてブラ下がっていたが、それはきれいだった。衣裳箪笥の中は、そこに入るべき背広やカッターが外にかけられているので、二、三着しか残っていなかった。

掃除をしましょうと思って、彼女は階下から掃除機を持って上がった。掃除機をコンセントにつなぎ、掃除し始めた時、息子の道男が近所の子と共に入って来た。

「ここはお父さんの部屋だよ。これはお父さんのテレビ」

道男は友達に説明しながら、テレビのボタンをあちこち触った。未生テレビをもって来た男が「ここを触ってはなりません」と言ったそのボタンを沼田はガムテープで覆っておいたが、そのガムテープははずれかけていた。道男はかまわずそのボタンを押した。その時ボンと音がして何か機械に故障が起こったようだった。そして煙がモヤモヤと立ちのぼった。道男はビクッとして手をひっこめた。そして怖そうにテレビを見つめた。

永子は、道男、何をしたのと言ってふり返り、煙ののぼっているテレビを見た。

「お父さんがそのテレビに触っちゃいけないと言ったでしょう」

「だって僕」

「故障したのかしら」永子は、テレビのボタンをあちこち押した。が、テレビはつかなかった。

「お父さん、怒るわよ」永子はコンセントを確かめた後、再びボタンを押してみたが、テレビには何の変化も見られなかった。

「電器屋さんに電話して見てもらいましょう」

道男と近所の子は出て行った。

永子はそのまま掃除を続け、雑巾がけをし、終わったので部屋から出て行った。

彼女は早速、近所の電器屋に電話をかけた。その電器屋は日曜日でもやっていた。永子の話に応じて、今日は忙しいから明日見に行きましょうと言ってくれた。

「どこのメーカーのテレビですか」電器屋はきいた。

「うちのお父さんは未生テレビだと言っていたけれど」

「みしょうテレビ？　どんな字を書くんです？」

「私もよく知らないんですけど、みは未だという字、しょうは生まれるという字、二つで未だ生まれざる、つまり未生《みしょう》になるのかしら」

「聞いたことないなあ。香港製かな」

電器屋はとにかく明日行きますと言って電話は切れた。

沼田は夕食前に帰って来た。彼は上機嫌で二階へ上がり、机の抽出へ儲けた二百万円を入れると、階下へ下りて行って夕食の卓を囲んだ。夕食は焼魚だった。ブリの切身を焼き、白菜とホウレン草と人参を煮たものに、みそ汁と大豆の煮たものがついていた。

「そうそう、これもあるわ」永子は戸棚から缶を取り出し、そこに入れてある焼海苔を出してきた。沼田は食べ始めた。永子は言った。

「お父さん。お父さんのテレビ故障したらしいわよ」

沼田は食べるのをやめ、ビクッとして言った。

「なんで故障したとわかる」

「道男がテレビをいじったのよ。そしたら音がして煙が上がったの」

沼田は道男の方を向いて言った。

「お父さんの部屋へ入ってはいけないと言っただろう」

道男はふてくされたような調子で黙っていた。沼田は食事をそのままにして二階へ上がった。テレビの側板は焼けたように赤くなっており、表面がザラザラだった。そのほかのところはなんともなかった。

彼は、コンセントが入っているかどうか確かめ、それからスイッチを入れた。テレビは作動しなかった。それからボタンをあちこち押した。テレビは応答しなかった。彼はまた、階下へ下りて行った。卓につくと彼は言った。

「あれ、大切なテレビだぞ」

道男はおとなしくしていたが、「お父さん、ごめんなさい」と謝った。

「仕方ないけれどな」沼田は頭を働かせ始めた。

〈もう一台買おう〉それがいいと思いついて心が落ち着いた。

明くる日、沼田が会社へ行った後、十時頃電器屋がやって来た。

「待っていたのよ」永子は迎え入れると、電器屋は二階へ上がって行ってテレビを点検し始めた。

「これはショートしたらしいですな」そしてドライバーで、とめてあったネジを外すと機械が現れた。

「これは変なテレビですなあ」電器屋はしばらく眺めていたが、やがて首を振った。

「この部分は通常のテレビですが、そのほかに別の機械が入っている。これがわからない」

そして電流計をあちこちに当てていたが、「ショートです。この部分が焼け焦げています」そしてなおも点検しながら、「これは全部抛ってしまわなりませんな」と言った。

「新しく買うとしたら、いくらぐらい」と永子はきいた。

「これは別の機械がついているから、何か別の機能があったのかもしれません。テレビの機能だけなら、衛星放送のテレビも、ビデオ付きテレビも普通のテレビもあります」

「一番高いのはいくらぐらい」

「一番高いのは衛星放送のテレビです。パラボラアンテナをつけなければなりません。値段は十五万円ぐらいでしょうか」

「お父さんに相談して返事するわ。有り難う」永子は言った。電器屋は帰って行った。

その日、沼田は仕事が終わると京橋へ出かけた。地下鉄の京橋駅で降りて見覚えのある街を歩いて行った。JRの京橋駅から東へ向かうといろいろな店が並んでおり、横町へ入ると喫茶店「オアシス」があるはずだった。彼は横町へ入って行った。しかし「オアシス」はなかった。

この辺だがなと思って立ち止まってみた。そこには、何か事務所があった。彼はもう少し先かしらと思って少し行った。しかし「オアシス」はなかった。また逆戻りしてそこら辺を歩き回った。次の横町も、手前の横町も歩いてみた。彼はとまどった。だんだん大きな失望感が湧いて来た。彼は「オアシス」があったと思われる場所に建っている事務所の扉を開けた。

「すみません。この近所に『オアシス』という喫茶店を御存知ありませんか」

事務所にいた若い女性の事務員は、「さあ知りませんけど」と答えた。

「この辺にあったはずなんだがなあ」と沼田は言った。事務員は不意にケラケラと笑って、

「『サボテン』という喫茶店ならありますよ。同じ砂漠に関係した名前じゃない」

「それ、どこにありますか」

「このもう一つ向こう側の横町。ちょっと京橋の方へ戻ったら、その横町に入る道がある

わよ」

「どうも」

沼田は教えられた通りに行った。確かに「サボテン」という喫茶店はあった。そこは狭い喫茶店で七人も掛ければ満席になりそうな喫茶店だった。感じは明るかった。最近開店したような新しい店だった。彼は二、三度通り過ぎた後に、その喫茶店に入ってみた。客は誰もいなかった。

「いらっしゃいませ」ちょっと魅力のある若い女の店員が迎えた。

「ホットコーヒー」彼は注文してあたりを見回した。座席の向こうはカウンターになっていて、そこで調理などをしていた。カウンターの横に、奥へ入る入口があった。彼はそこを注意して眺めた。しかし、あの貧相な男とこの喫茶店とはそぐわない感じだった。コーヒーが運ばれてくると、沼田は、「ちょっとおうかがいしますが、この近所に『オアシス』という喫茶店を御存知ないでしょうか」ときいた。

若い店員は「オアシス?」と鸚鵡返しに言って、「さあ、知りませんけど」と言った。

沼田はたまりかねて、「この奥をちょっと見せていただけませんか」と言って立ち上がり、カウンターの横の奥へ通じる入口をのぞいてみた。そこは狭い部屋でロッカーが並んでいた。二階へ通じる階段があった。あの貧相な男が坐る場所はなかったし、またその気配もなかった。

「有り難う」彼は言って座席に戻った。店員は不審な顔で立っていた。

「ここにテレビを売る人はいませんか」と沼田は言った。

「何のことですか」

「いや、それならいいんです」彼はコーヒーを啜った。店員は黙ってカウンターに戻った。彼女は鼻ぺちゃに近かったが、それでも何となく魅力があった。彼は所在なげに坐り直し、コーヒーを飲んでから金を払って店を出た。

だんだんと失望感が襲ってきた。頭の中がぐるぐる回るようだった。何かを求めて、それが得られないもどかしさ。イライラする気分。彼はもう何も見ていなかった。ただ一筋に「オアシス、オアシス」だった。

彼はもっと遠くまで行ってみた。そこから引き返した。また遠くまで行った。またそこから引き返した。雨が降ってきた。ポツポツと滴が彼に当たり、背広を濡らした。しかし、彼にはそれさえ気がつかないようだった。

彼はあてどもなく、街をさまよった。

あとがき

私は学生時代から小説を書いて、同人誌に発表していた。これらの小説は、病気にかかる前の私の体験をもとに書いた。舞台は当時のものもあり、現在のものもある。私は社会に出てから四年後に病気になり、精神病院に三度、計十六年間も入院する羽目になった。

私は、救いを求めて聖書を読み、イエス・キリストの教えに納得し、キリスト教徒となった。そして、私の信仰と病院の出す薬によって私の病いは癒えた。それらについての経緯はいずれ書きたいと思っている。そしてそれで私の文学はおしまいになるだろう。

次には主に宗教に関する論文を書きたいと思っている。

宗教といえば、日本では毛嫌いする人が多いが、私は、日本人はもっと宗教、特にキリスト教に目を啓くべきであると思う。そうでなければ、日本の前進はない。

私の小説を面白いと思われた方が、それらの作品が世に出たとき読んで下さることを期待する。

著者プロフィール
山本 信夫（やまもと のぶお）

1929年大阪市生野区にて出生。海軍兵学校を経て、1953年大阪大学法経学部（現経済学部）卒業。大手鉄鋼専門商社に入社。その４年後心の病を得て休職・退職して精神病院へ３回、合計16年間入院。1985年退院。学生時代から小説を同人誌に発表。昭和24年、小説『掏摸』がNHKのラジオドラマとして全国放送される。最近、病気のために中断していた執筆活動を再開。

接吻泥棒

2003年４月15日　初版第１刷発行

著　者　山本 信夫
発行者　瓜谷 綱延
発行所　株式会社文芸社
〒160-0022　東京都新宿区新宿１－10－１
電話　03-5369-3060（編集）
03-5369-2299（販売）
振替　00190-8-728265

印刷所　図書印刷株式会社

ISBN4-8355-5417-5 C0093